Erna Brodber
Alabaster Baby

Black Women

Lamuv herausgegeben von
Heike Brillmann-Ede

Black Women: Der Lamuv Verlag will sich verstärkt den Werken von Frauen, vor allem aus Afrika, aber auch aus der Karibik, widmen, ihre Romane, Erzählungen, Autobiografien veröffentlichen.

Black Women: Das sind Bücher, die etwas Neues bieten, die bereichernd sind, die »Altes« aus einer ganz anderen Perspektive beleuchten, möglicherweise dadurch auch »fremd« erscheinen, zugleich »aufregend« sein können oder Verbindendes deutlich werden lassen, wo zunächst Trennendes dominierte.

Black Women: Diese Autorinnen sind hierzulande – Ausnahmen bestätigen die Regel – nur wenigen bekannt. Sie haben es sich verdient, ihre Leserschaft zu finden – ob weiblich oder männlich. Denn: »Ohne die afrikanische Literatur fehlen dem Orchester der Weltliteratur einige wichtige Instrumente.« (Doris Lessing)

Nähere Informationen über unser Programm sind kostenlos erhältlich bei:
Lamuv Verlag, Postfach 2605, D-37016 Göttingen

Erna Brodber

Alabaster Baby

Roman

Aus dem Englischen
und mit einem Nachwort von
Marlies Glaser

Lamuv Taschenbuch 279

Originaltitel: Myal
Die Erstausgabe erschien 1988 bei New Beacon Books, London

Bitte fordern Sie unser kostenloses Gesamtverzeichnis an:
Lamuv Verlag, Postfach 26 05, D-37016 Göttingen
Telefax (05 51) 4 13 92, e-mail lamuv@t-online.de
www.lamuv.de

00   01   02   03   04   7   6   5   4   3   2   1

1. Auflage 2000
Deutsche Erstausgabe
© Copyright Erna Brodber 1988
© Copyright der deutschsprachigen Ausgabe und des Nachworts
Lamuv Verlag GmbH, Göttingen 2000
Alle Rechte vorbehalten

Das Gedicht von Rudyard Kipling *Big Steamers* zu Beginn des
zweiten Kapitels (Seite 11) wurde von Marlies Glaser übersetzt.
Das Gedicht *A White Man's Burden* (dt. Des Weisen Mannes Bürde,
Seite 12) ist hier in der Übersetzung von Karl August Horst
abgedruckt worden, aus: Rudyard Kipling, Gesammelte Werke,
Bd. III, Paul List Verlag KG, München 1965 (Neuauflage von 1925).

Umschlaggestaltung: Gerhard Steidl unter Verwendung eines Fotos
von Kazuyoshi Nomachi/PPS/Focus
Gesamtherstellung: Steidl, Göttingen
Printed in Germany
ISBN 3-88977-572-1

1

Mass Cyrus sagte, es seien keine Würmer und es sei auch keine schwarze Beule, die in ihr geplatzt war. Er sprach sehr ruhig. Wenn diese Leute doch nur gelernt hätten, mit Ruhe und Schweigen richtig umzugehen, dann hätten sie die Noten seiner Partitur verstanden, wenn schon nicht das *dulce melodia* – bitte ganz lieblich – dann doch die *pp* für leise, das *diminuendo poco a poco* – noch etwas leiser bitte – und die Schnörkel der Pause, zu denen Mass Cyrus Gesicht geworden war.

»Diese neuen Leute«, hieß es in seiner Partitur, »diese Zwischen-den-Farben-Leute, diese Leute mit geschultem Verstand, spielen die Trommeln so laut und wild, dass selbst ein winzig kleines Baby verstehen würde, dass sie die Melodie fürchten. Na, wenn sie glauben, es ginge um Würmer oder schwarze Beulen, warum kommen sie dann zu mir? Ich bin nicht diese Art von Arzt. Nein. Sie wissen, es ist was anderes, das nur ich heilen kann, und doch kommen sie her und blasen mir die Ohren voll und erschüttern meine Sphäre mit ihren klirrenden Zimbeln. Dieser Lärm könnte einen Mann mit den Wurzeln ausreißen.

Jemand anderes hätte gesagt: ›Mass Cyrus, wir brauchen Hilfe.‹ Nur das und sonst nichts. Und im Nu wär's der Frau besser gegangen. Den Körper zu heilen ist nichts Besonderes. Den Einklang mit denen zu erreichen, die sie erreichen muss, und jene mit ihr, das ist das Schwere an der Sache. Und das geht nicht, wenn man nicht ihre Seelen erreicht. Meine Leute hätten mir voll Demut gestattet, ihre Seelen zu erreichen: aber diese Art Leute . . . mit ihrer Wirrwarr-Seele. Am besten hält man sich die fern.«

»Lasst sie hier. Ein Morgen Land auf einem hohen Berg. Bringt die Übertragungsurkunde mit, wenn ihr sie am Donnerstag abholt, in sechs Tagen.«

Das mit den sechs Tagen sollten alle genau hören. Er wollte, dass die Wälder und Bäume, die vertrockneten und grünen, die wachsenden und die sterbenden, und selbst die kleinste Raupe, die in ihrem vielfarbigen Fell herumkroch, es hörten – alle sollten es hören. Ganz gleich, wie alt sie waren oder wie es ihnen ging, wussten doch alle, dass es sieben Tage dauern würde, um den grauen Klumpen aus dieser unbeweglichen, vor sich hinstarrenden, schweigsamen, weiblichen Person herauszubekommen, und dass sie eigentlich bleiben sollte, bis sie völlig geheilt war.

»Nicht in diesem Fall. Die Heilung wird nicht in diesem Wäldchen zu Ende gebracht. Ganz gleich, was sie sagen. Ein Mann hat das Recht darauf, seine Welt zu beschützen. Wälder und Bäume und Raupen, in neunzig Prozent der Fälle habt ihr Recht und ich brauche immer noch eure Stärke, aber das braucht hundert Prozent. Ich muss über eure Köpfe hinweg auf diese kleine, leise Stimme hören. Die sagt, das sei der stinkendste, dreckigste Klumpen, der seit Anbeginn der Schöpfung je aus einem Körper gekommen sei, und ihr kommt ohne deren Hilfe nicht damit zurecht. Lasst die Leute sie wegbringen. Am siebenten Tag wird er aus ihr herauskommen, aber nicht in meinem Wäldchen. O nein, mein Herr. Nein, Sir.«

Nettie war erschüttert. Noch nie in ihrem ganzen Leben hatte sie so unerbitterliche Schwingungen von Mass Cyrus

6

empfangen. Armes kleines Ding. In ihrem pelzigen Mantel zitterte der dünne Streifen Fleisch ihres Körper so gewaltig, dass ihre Füße, obwohl es viele waren, sie nicht auf dem Boden halten konnten, sondern sie über die Erde schlittern ließen und unter die trockenen Blätter und in das Loch am Fuße des Mangobaums auf der Suche nach Freunden und Familie. Aber obwohl sie alle zu ihrer Begrüßung herbeieilten und liebevoll ihre kleinen, wie mit Teppich bezogenen Körper über sie oder die anderen in ihrer Nähe fallen ließen, ging das Zittern nicht vorbei, sondern entwickelte sich zu einem mächtigen, zischenden, elektrischen Sturm, da sie jeden kleinen Körper mit ihrem Beben ansteckte und jeder die Infektion an den Nächsten weiterleitete. Schüttel, Shimmy und Shake, in der ganzen Kolonie der Raupen! Schüttel, Shimmy und Shake, während sie den Saft im Innern des Mangobaums unter Strom setzten, sodass seine Äste ihr Haupt erhoben und ihre Beine hochwarfen, als seien sie ebenso viele wilde Mädels, die ohne Strümpfe den Cancan tanzten. Nicht mal Mass Cyrus, der so vieles wusste, war zuvor bekannt, dass junge Mangos aus Metall bestehen. Der elektrische Saft hatte ihre Körper mit Zinn überzogen, und jetzt schüttelten sie als Teil eines wahnsinnigen Orgasmus ihre Glocken wie am Schlitten des Weihnachtsmanns. *Whole lot of shaking going on!* Und der Krach!

Der Krach war's, der jene Bäume und Sträucher aufregte, die Mass Cyrus am nächsten standen – die Bastardzeder, die *Physicnut* und die Verschämte-Madam, euch als *mimosa pudica* bekannt. Auf ihre Schultern lud er immer die durch Sünden verursachten Leiden der menschlichen Welt. Sie fühlten es. Die Augen der Bastardzeder vergossen rasch

Tränen. Ein kleiner Schmerz, und ihr Saft floss direkt durch die Rinde zur Seite des Baums und produzierte dabei genug Kautschuk, um ein Marmeladenglas zu füllen und eine Welt voller Umschläge zu versiegeln. Und viele Male benutzte Mass Cyrus dieselben zu Kautschuk verwandelten Tränen, um ein gebrochenes Herz oder eine zerbrochene Beziehung zusammenzukleben, bis der Organismus es wieder von alleine schaffte. Dieser Baum befand sich von Natur aus in einem Zustand ständiger Anspannung, daher veranlasste die kleinste Verletzung durch Gedanken, Worte oder Taten ihn dazu, sein Innerstes nach außen zu kehren. Ein winziger elektrischer Mangobaum berührte ihn, und sein empfindliches Selbst wurde zu Kautschuk. Die Physicnut in der Nähe begann zu bluten. Kein Wunder. Mit all dem Knallen und Klingeln und Splittern und Weinen dachte sie, es sei wieder der Karfreitag vor vielen, vielen Jahren, als der Retter der Welt gelyncht wurde. Jedes Jahr durchlebte der Baum dieses Ereignis, und sein Blutdruck stieg dann an. Gib ihr einen Stoß und sein Lebensblut käme nur so herausgeschossen. Heute war sein Blutdruck wegen des Krachs ganz besonders hoch, und ohne fremde Einwirkung bekam er einen Blutsturz. All dieses unkontrollierte Benehmen machte die Verschämte-Madam so verlegen, dass ihre saftig-grüne Schleppe in eine Reihe strenger Linien zusammenfiel, wie Zuggleise auf einer Landkarte, nur dieses Mal in Grün.

Mass Cyrus saß da und betrachtete den ausgestreckten Körper seiner Patientin, das Gesicht auf die Handflächen, die Ellbogen auf den weinenden Bastardzedernbaum gestützt, lauschte er auf die Schreie und die Schmerzen in seinem Wäldchen, und er dachte: »Dieses Leid, diese Verwirrung und Zerstörung sind es, was diese neuen Leute sich selbst und dieser Welt antun.« Der Gedanke schmerzte ihn tief in seinem Innersten. Reichte von den Fußsohlen bis zum Scheitel seines Kopfes, und es warf ihn geradewegs nach oben wie ein Schachtelteufel. Wie bei der Marley-Statue von Gonzalez riss es ihm den Kopf zurück, ließ seinen rechten Arm vor ihm erstarren, streckte seinen Zeigefinger vor und überzog seine Augen. Percy, der Hahn, schrie: »Blitzschlag«. Und seine Spucke, ein Geschoss in einem silbernen Horn, traf die Reihe von Kokospalmen, die sein Wäldchen von Jones' Grundstück trennte. Langsam kehrte die Normalität in das Wäldchen zurück. Die Verschämte-Madam breitete wieder wie ein Pfau ihre Fittiche aus, das Geschrei und das Bluten hörten auf, der Mangobaum nahm wieder seine Altmännerposition einer ruhigen Meditation ein, und wenn jemand die kleine Raupe gefragt hätte, was das alles gewesen sei, hätte die ihre Augen weit aufgerissen und gefragt: »Was war denn überhaupt los?« Denn wie sie so am Fuße des Mangobaums zusammengerollt dalag, wie eine zufriedene Katze, hatte sie alles vergessen und vergeben.

Es war das Jahr 1919. Das Unwetter zog von Mass Cyrus' Wäldchen weiter zu den benachbarten Bezirken von Manchioneal, Kensington und Hector's River und zerstörte:

71 488	Kokospalmen,
3 470	Brotfruchtbäume,
901	Wohnungen völlig,
203	Wohnungen teilweise,
628	Nebengebäude, und es blieben
65	stehen, waren aber beschädigt.

Getötet wurden 1522 Hühner, 115 Schweine, 116 Ziegen, fünf Esel, eine Kuh und ein Maultier. Mehrere Menschen verloren ihr Leben durch Ertrinken im Gewittersturm und in den angeschwollenen Flüssen, die er mit sich brachte. Dieses berichtete Reverend Simpson seiner Zentrale in Großbritannien. All diese plötzliche Zerstörung nur, weil Ella O'Grady-Langley, die still wie eine griechische Opfergabe auf einem Scheiterhaufen lag, zu weit gegangen war, im Ausland ausgeflippt war. »Und das ist noch gar nichts«, lächelte Mass Cyrus trocken. »Was für einen Knaller das erst gibt, wenn dieser graue Dreckklumpen aus dieser kleinen Miss Ella rauskommt, die hier so steif und grade daliegt, diese am Ausland erstickte, kleine Katze, dieses auf einem Bananenboot verschickte Alabaster Baby, das hier ist, um die ganze Schöpfung kurzzuschließen. Aber nicht in diesem Wäldchen, nein. Ein Mann hat das Recht, seine Welt zu beschützen. Seht doch nur, wie sie schon die ganze Gegend durcheinander gebracht hat.« Und er schüttelte den Kopf. Denn die Bäume und die Gebäude, die von dem verrückten Sturm, den er aus seinem Wäldchen vertrieben hatte, zerstört worden waren, gehörten meistenteils zu seinem Menschenschlag. Wie auch die Leben. »Was soll'n Nigger bloß machen?«, seufzte er, wie schon viele vor ihm.

Es war August 1919. Ella O'Grady-Langley war noch nicht ganz zwanzig.

2

»Oh, wohin seid ihr unterwegs, ihr Großen Dampfer,
  Mit Englands Kohle auf und ab übers Meer?«
»Wir wollen euer Brot holen und eure Butter,
  Euer Rind, Schwein oder Lamm, Äpfel und Käse dazu.«

»Und wo holt ihr das her, ihr Großen Dampfer,
  Und wohin soll ich euch schreiben, auf eurem Weg?«
»Wir holen's aus Melbourne, Quebec und Vancouver,
  Schreib uns nach Hobbart, Hongkong und Bombay.«

»Aber, wenn euch was zustößt, ihr Großen Dampfer,
  Wenn ihr Schiffbruch erleidet auf dem großen Meer?«
»Dann gäb's weder Kaffee noch Schinken zum Frühstück,
  Und auch keine Muffins oder Toast zum Tee.«

»Dann bet ich um gutes Wetter für euch, Große Dampfer,
  Um kleine blaue Wellen und Brisen ganz sacht.«
»Weder Wellen noch Brisen kümmern uns Großen
    Dampfer,
  Denn unten sind wir aus Eisen und die Takelage ist aus
    Stahl.«

Die Worte waren die von Kipling, doch die Stimme war die
von Ella O'Grady, dreizehn Jahre alt. »Holness hat Punkte
bei Getfield gemacht«, überlegte Reverend Simpson, als
sein Blick das lächelnde Gesicht des anglikanischen Pfarrers erhaschte, der ihm gegenüber im Besucherstuhl saß.
»Nett ausgesucht das Gedicht mit dem Krieg, der auszubre-
chen droht, und all dem. Und gut vorgetragen noch dazu.«

Und seine Gedanken wanderten zu der kleinen vortragenden Dame. Sie machte das sehr gut. Wirklich sehr gut. »Kipling«, dachte er, als sie mit der fünften Strophe begann:

> »Dann bau ich einen Leuchtturm für euch, Große Dampfer,
> Voll weiser Lotsen, die zeigen euch den Weg.«
> »Oh, der Ärmelkanal ist schon so hell wie ein Ballsaal,
> Und Lotsen gibt's mehr als Sardinen in Looe.«

»Da gibt's noch ein anderes Gedicht«, sagte er, als sie lockerer wurde, und wie die zweite Stimme in einem Kanon hielt er mit ihr Schritt und murmelte während ihrer letzten Strophe vor sich hin:

> Nehmt auf euch des Weißen Mannes Bürde –
> Schickt die Besten, die ihr aufzieht, hinaus.
> Auf, gebt eure Söhne in die Verbannung,
> Der Notdurft eurer Gefangenen zu dienen.
> Lasst sie schwer gerüstet wachen
> Über eine Menge, wankelmütig und wild –
> Eure frisch eingefangenen, tückischen Völkerschaften,
> Die halb noch Kinder sind, halb Teufel.

Der Reverend sah sich die kleine Ella genau an, seufzte und fragte sich: »Und wessen Bürde ist dieses halb schwarze, halb weiße Kind? Diese Leute wissen wirklich, wie man Probleme macht.« Er schaute sich in der Schule um und setzte seine Unterhaltung mit sich selbst fort: »Niemand sonst mit dieser Hautfarbe und mit diesem Haar. Hätte Holness wirklich niemand anderes finden können, der genauso gut ist? Scheint mir, wir mit dieser Farbe können einfach nicht gewinnen.« Nein. Er hätte keinen anderen finden können. Es gab sonst niemanden auf der Schule, der so empfindsam war wie Ella O'Grady. Niemand sonst hatte Grund dazu.

Das kleine Mädchen war die Tochter Mary Rileys, von Ralston O'Grady gezeugt, einem jener irischen Polizeioffiziere, von deren Gegenwart die Obrigkeit wohl glaubte, sie hielte die Eingeborenen davon ab, sich gegenseitig aufzufressen. Wie üblich kam dieser neue Offizier ohne eine Frau in die Stadt und brauchte eine Haushälterin. Wie ebenfalls üblich dauerte es nicht lange, und die Haushälterin war in anderen Umständen. Unüblich war jedoch, dass diese Haushälterin sich weigerte, ins anonyme Kingston zu ziehen, um sich dort vom Vater ihres Kindes aushalten zu lassen, und sich stattdessen dafür entschied, zurück aufs wilde Land zu gehen, zu den Yamspflanzen, Coco-Wurzeln und Kokospalmen. Ein großer weißer Mann in der Uniform eines Polizeioffiziers würde dort meilenweit den Blick auf sich ziehen. Der arme, rosafarbene O'Grady, so misstönend wie ein gehäuteter Bulle, nahm an, er käme damit nicht zurecht, daher musste er, obwohl er den festen Willen hatte, Mary gerecht zu werden, die Angelegenheit beenden, aus und vorbei: Sie mussten sich einfach trennen, meine Liebe.

Diejenigen, die immer alles wussten, meinten, es hätte nicht so enden sollen. Mary hätte doch den Herrn Offizier sie versorgen lassen und nach Kingston gehen sollen, mit dem dicken Bauch. Doch meistens dachten sie es sich nur. Wer sich traute, direkt mit ihr zu reden, sprach, wenn die Rede darauf kam, über das Kind und seine Zukunft: »Mary, sag mal, siehst du nicht ein, dass das nicht der richtige Ort ist, um ein kleines braunhäutiges Mädchen wie deins aufzuziehen. Wenn's wenigstens ein Junge wär, der käm vielleicht zurecht. Aber's ist ein Mädchen. Das Kind muss 'ne Ausbildung machen als Krankenschwester, Schreibkraft oder so was. Siehst du nicht, dass das kein Buschmaul-Kind ist?« Mary kümmerte sich nicht um dieses Gerede. Sie nahm das Baby weiterhin mit in den Busch und, als es größer wurde, lehnte sie sein *Bunna* an die Wurzel eines Baums, sodass es alles um sich herum sehen konnte. Sobald es laufen konnte, nahm sie es sogar mit runter zur Werft. Was für ein artiges kleines Mädchen! Ella saß einfach nur stillvergnügt und ruhig in dem großen alten Tragekorb, in dem Mary sie zurückließ, während sie ihre Last Bananen trug. Immer noch ließ das Geschwätz der Leute ihr keine Ruhe. Der Anblick von Mutter und Kind ärgerte sie. »Warum muss die blöde Eselin von Frau so'n Alabaster Baby bis runter auf die Werft tragen? Glaubt wohl, sie sei'n Moses und Miriam.« Klein Ella sah wirklich aus wie ein Alabaster Baby. Das arme kleine Kind hatte sogar blaue Augen, die gnädigerweise zum üblicheren Braun wechselten, als sie heranwuchs. Doch der Mund und die Haut und die Haare veränderten sich nicht gerade viel.

Die ganze Fremdheit von Mary und ihrem Kind – Aussehen und Stil – kam nicht nur von O'Grady und der kurzen Zeit, die Mary mit ihm zusammen war. Catherine Riley und Bada D waren auch recht seltsam. Um die Wahrheit zu sagen, war Bada D die Seltsamkeit hoch drei. Der Mann hatte dünne Lippen, eine schmale Nase und die Haare waren dick und kräftig und gelockt wie bei einem *Coolie Royal*, obwohl nichts Indisches in seinem Blut war, denn er war direkt von einem afrikanischen Boot gestiegen. Das wussten alle. Nannte sich einen Mauren. Sagte, er käme aus Tanja und er werde dorthin zurückkehren. Mount Horeb war ein Berg, auf dem der Mann stundenlang sitzen und aufs Meer vor St. Thomas schauen konnte, und dabei träumte er, zurück nach Afrika zu fliegen. Wer hatte da Geduld mit ihm? Alle anderen wollten auch zurück, und alle anderen wollten mithilfe der Trommeln und der Seele zurück; doch für ihn war das nicht gut genug. Bada D hielt *Kumina* für unter seiner Würde, wurde Kirchenmitglied und hing mit diesen blöden Leuten rum, die ihn angeblich zurückschicken wollten, um seinen Leuten geistlichen Beistand zu leisten. Nahm noch nicht mal 'ne Frau. Verbrachte die Zeit nur mit Warten. Dann plötzlich, eines Tages, macht er sich auf und heiratet Catherine Days, Miss Kate. Kränkliche Frau. Die gleichen feinen Knochen und dünnen Lippen wie er. Muss ihr wohl erklärt haben, dass sie auch 'ne Maurin sei und dass sie zusammen nach Tanja zurückgehen könnten. Also tat sich Catherine mit Bada D zusammen. Glatthäutige Catherine, nur leicht gefärbt. So etwa wie eine leicht geröstete Kartoffel. Und von ihnen kam Mary, und so gab es drei Seelen mit langen Gesichtern, dünnen Lippen, schmalen Nasen, in einem Land voller runder Gesichter, breiter Lippen und großer Augen!

Was sonst noch in Catherines delikatem Bauch wuchs, ging ohne Umweg zurück zur Erde. Daher blieben die drei mit sich alleine. Bada D mit seinem ausländischen afrikanischen Selbst und seiner hochnäsigen Religion zog die Leute nicht gerade an wie Honig die Bienen, daher musste die Arbeit auf dem Feld meist ohne Hilfe der Nachbarn allein von der kleinen Arbeitsgruppe der drei erledigt werden, was eigentlich bedeutete, von Mary und ihrem Vater, denn ihre Mutter war zu zart. Mary konnte schwer arbeiten. Und noch dazu war sie das Kind alter Eltern und ein Einzelkind, sodass sie daran gewöhnt war, allein zu sein. Selbst wenn manche es gerne gemocht hätten, dass sie ihnen dabei half, sich die Zeit mit Gerede und Geschwätz zu vertreiben, hätte Mary einfach nicht gewusst, wie sie das anfangen sollte. Daher war sie ein schlankes, hart arbeitendes Mädchen, das sich schnell und ruhig bewegte wie eine selbstbeherrschte Majestät. Mrs. Holness musste nicht lange suchen, als Mrs. Repole vorbeikam und sich nach einem »ruhigen Mädchen vom Lande« erkundigte, das den Haushalt für den neuen Offizier führen sollte, der gerade in Morant Bay angekommen war, um dort zu arbeiten.

Na, O'Grady mochte sie und behielt sie. Natürlich. Und was konnte sie umherspringen! Für Mary bedeutete, einen Haushalt zu führen, die Sachen so zu machen wie zu Hause. Sie bestellte das Land, besorgte das Haus, sie buk, sie nähte. Und dabei so ruhig. Und darüber hinaus leistete sie nicht zu sehr Widerstand, O'Grady auch als Frau gefällig zu sein. Nicht lange und sie bekam einen dicken Bauch. Mary ging nirgendwohin, Mary sah niemanden. Mary war eine hochanständige Frau. Es gab keinen anderen Mann, der in Frage kam. Und Mary weigerte sich wegzugehen, nach Kingston zu gehen. Der Bauch machte auf O'Grady aufmerksam. Er und der Bauch wurden ein Wahrzeichen sich danebenbenehmender irischer Polizisten, und O'Grady wurde versetzt, Mary wusste nicht wohin. Selbst wenn sie ihren Standpunkt hätte ändern wollen und dem weißen Mann hätte erlauben wollen, sie und ihr Kind richtig zu behandeln, jetzt ging das nicht mehr. So war also Marys Lage, obwohl sie das niemandem sagte oder etwa selbst klar überlegte: »Das kleine Ding auf der *Bunna*-Haut muss einfach

einen Weg finden, mit den Leuten im Bezirk zurechtzu-
kommen, denn ich geh sonst nirgendwohin.« Und sie
wurde sich dessen noch sicherer, als Miss Catherine Bada
D ins Grab folgte und sie mit ihrem halben Morgen Land
alleine zurückließ. Sie würde dieses Land eng um ihre
Schultern wickeln wie einen Schal, bis sie starb, und dann
würden sie kleine Brocken davon auf sie streuen und sagen
»Staub zu Staub«, und es würde sie eng umhüllen.

Es war hart für Ella. Es war hart für die Leute im Bezirk.
Diese Tanja-Farbe, diese Es-könnte-Maurisch-sein-Farbe
war hell. Überhaupt keine Kraft. Sie war an ihr kaum zu
sehen. Der weiße Mann musste ihr keine feine Haut geben,
keine gerade Nase, dünne Lippen und lange Haare, denn
das hatte sie schon von der Riley-Seite. Er konnte ihr nur
seine Farbe geben und ein bisschen glattere Haare, um sie
weiß aussehen zu lassen, und das gab er ihr. Und ihre Haut,
so empfindlich! Wie ein ständiger Vorwurf an die Natur.
Zwei kleine Ameisen bissen sie, und ihre Hand schwoll an,
als habe sie jemand geschlagen. Es machte keinen Spaß,
mit ihr zu kämpfen. Ihre Haut zeigte jeden kleinen Kratzer,
den man ihr zufügte, und da fühlte man sich einfach
schlecht. Wenn du mit 'nem Mädchen kämpfst, dann musst
du sie niederschlagen und an den Zöpfen festhalten, dort,
wo ihre Mutter ein Haarbüschel vom andern geteilt hat,
und ihr den Kopf schütteln, bis du fühlst, wie die Haut sich
vom Schädel hebt. Konnte man das vielleicht mit Ella machen? Die Haare von der war'n doch nur zweigeteilt. Ein
Weg runter mitten auf'm Kopf und zwei Zöpfe, die einfach
runterhingen. Und die fingen erst bei den Ohren an. Wo bekam man da 'n Büschel Haare in der Nähe vom Schädel zu
fassen, um dran zu ziehn? Kann man mit so was kämpfen?

Also sagten die Kinder nur, sie sei empfindlich und noch mehr, wenn's regnete, und kümmerten sich nicht weiter um sie. Das Höchste der Gefühle war, dass sie bei ihrem Anblick schrien: »Pökelschwein«, »Alabaster Baby«, »Rotes Ameisen-Gewimmel«. Als der Lehrer allen Schulkindern das Spiel »O'Grady sagt« beibrachte, kam es ihm nicht in den Sinn, er könne ihnen damit etwas Neues beibringen, mit dem sie das Kind quälen konnten. Und als der neue Tanz aus Kingston zu ihnen kam:

Mrs. O'Grady, die war 'ne Lady
Die hat 'ne Tochter
Die ich lieb
Und jeden Abend
Mach ich ihr den Hof
Ich mein die Tochter
Jeden Sonntag, Montag,
Dienstag, Mittwoch, Donnerstag,
Freitag, Samstag
Um halb fünf.
Sie war groß
Und dünn
Und ihr Haar
Ein sanftes Ingwerrot.

Ella wurde zu »Ingwer«. Sie war groß und dünn, und ihre Haare hatten »ein sanftes Ingwerrot«. Sie wussten nicht, dass Haare ingwerfarben sein konnten, doch sie wussten, dass man Ingwer bei Bauchschmerzen nahm und dass er scharf war. Das war nicht nett. Und da war noch Schlimmeres: Mach ich ihr den »Hof«. »Hofieren.« So was Verdorbenes, so ein Wort konnte man nicht im Beisein Erwachsener aussprechen. Also sagten sie es nicht, aber Ella und alle anderen wussten, dass, wenn sie »Ingwer« riefen und kicherten, sie ihr eigentlich vorwarfen, sie mache eine sehr schmutzige Sache, jeden Sonntag, Montag, Dienstag, Mittwoch, Donnerstag, Freitag, Samstag um halb fünf.

Dann kam das Gerücht auf, Ella habe Läuse und wegen ihrer vielen Haare bekäme ihre Mutter das nicht in den Griff. Was wahr war, aber nicht mehr als bei den anderen auch, denn alle hatten Läuse, ab und zu. Und Mary arbeitete daran. Es war genau aus dem Grund, weil jemand sah, dass sie *Cooper's Dip* kaufte, um das Haar zu behandeln, dass das Gerede begann. Das Kind hatte schon einen Eckplatz in der Schulklasse. Jetzt setzte sich jeder, der an ihrer einen Seite sitzen musste, so hin, dass ein Abstand blieb. Sagten, sie wollten nicht die Läuse bekommen, die wahrscheinlich schon längst auf ihren eigenen Köpfen waren! Daher machte Ella die Tür des Klassenzimmers zu ihrem Pausenplatz. Sie ging nicht weiter als bis zur Tür, wenn der Lehrer die Klasse hinausließ. Keinen Schritt weiter. Komisch, dass ihre Füße nicht müde wurden, jahrein, jahraus während der Pause auf dem Beton zu stehen.

Die Lehrerinnen mochten sie auch nicht besonders gern, daher konnte sie nicht bei ihnen bleiben, um die Tafel zu putzen oder ihnen beim Aufräumen zu helfen oder andere Kleinigkeiten zu erledigen. Sie konnte nur bei der Tür stehen bleiben und in die Ferne blicken, und sie sagten: »Das Kind ist seltsam. Kein bisschen Kampf. Wahrscheinlich wird die Hautfarbe sie weiterbringen.« Und sie waren mehr als nur ein bisschen verärgert darüber, und ihr Unmut über sie wuchs. Denn es war wahr. Trotz all der Bücher, die sie gelesen, und all der Examen, die sie versucht hatten zu bestehen, und der Männer, die sie nicht genießen konnten, da sie ihrem Beruf keine Schande bringen wollten, würde keine von ihnen, die sie schwarz waren, eine Arbeit als Angestellte in Kingston oder Morant Bay oder irgendeiner anderen Stadt auf der ganzen Welt bekommen. Es machte keinen Sinn, auf dieses Kind einzuschlagen und dann durch die Striemen in Verlegenheit gebracht zu werden, die sich nach der geringsten Berührung durch den Riemen zeigten, wenn sie es doch irgendwie schaffen würde. Also hörten sie auf, sie zu beachten, und sie hörte ebenfalls auf, sie zu beachten.

Sie fragten sie während des Unterrichts einfach nichts mehr. Sie fand einen Weg, um trotzdem etwas zu lernen. Ihre Mutter pflegte ihr zu erzählen, dass die Engel sie ernähren und ihr viele Dinge beibringen würden, und vielleicht geschah das. In einer Naturwissenschaftsstunde erzählte eine Lehrerin von der OSMOSE, »der Vorgang, wodurch eine dünne Substanz eine dicke Substanz durch eine dünne Zellwand zieht«. Miss Prince pflegte zu fragen, wer wusste, was Osmose war, und Ella hob dann die Hand, wurde aber nie aufgerufen. Vielleicht wollte die Lehrerin jemanden finden, der nicht Bescheid wusste, sodass sie es ihm einhämmern konnte. Einmal mehr nicht beachtet, starrte Ella dann durch die Fenster und, ratet, was geschah? Sie sah dann, wie die dünne Flüssigkeit kämpfte, um die dicke herbeizuziehen, und all das innerhalb der Membran eines kleinen Blatts. Wie eine Sachkundestunde. Und das war jedes Mal so. Wenn sie die Landkarten herausholten und Europa zeigten, erhob es sich in drei Dimensionen vom Papier, wurde noch größer, kam direkt zu ihrem Platz und ermöglichte ihr, darauf herumzulaufen und den Schnee zu fühlen, lud sie dazu ein, tief in die Fjorde und

Deiche zu schauen. Sie traf Leute, die aussahen wie sie. Sie traf Peter Pan, und sie traf die *Dairy Maid*, die als ihre Schwester durchgehen könnte – die gleichen langen Zöpfe und bräunliche Haut. Sie traf den Jungen mit dem seltsamen Namen, der seinen Finger in den Deich steckte und die Stadt davor bewahrte, überflutet zu werden. Seltsam, sie traf nie O'Grady auf ihren Reisen. Ella war darüber nicht traurig. Sie glaubte nicht, dass sie ihn gern haben würde.

Als daher der Lehrer sein Gedicht mit den Dampfern anbrachte, war das nichts Neues für Ella außer, dass sie aufstehen und es vor der ganzen Schule vortragen sollte. Sie war schon mehrere Male in England gewesen. Auch in Schottland und hatte dort zugesehen, wie sie Dudelsack gespielt hatten. Sie mochte das. Sah gerne die kleine Bommel auf der Kopfbedeckung der Männer und ihre Röcke, die sich sanft an ihre Hinterteile schmiegten, während sie sich wie ein Mann vorwärts bewegten und ganz leicht durch diese Lederblasebälge bliesen. Peter hatte sie in eine Kohlenmine mitgenommen und durch einen Kamin hinauf, und danach sah sie fast aus wie ihre Mutter. Sie erinnerte sich sehr gut an diese Reise, denn es war das erste Mal gewesen, dass sie sich wie ein echter Mensch fühlte, doch dann waren sie die Straßen entlanggelaufen und die Leute hatten sie geneckt und gesagt: »Schaut euch die kleinen schwarzen Mohren an«, und sie mochte das nicht, denn sie fand nicht, dass man über die Hautfarbe einer Person Witze machen sollte. Oft hatten sie Cardiff besucht, den Ort, wo es so viele Schiffe gab, und sie und Peter und Lucy Gray, die sich ihnen inzwischen angeschlossen hatte, hatten mit den

Schiffen gesprochen, den großen und den kleinen, und ihnen die gleichen Fragen gestellt, wie im Gedicht des Lehrers. Aber sie waren glücklicher als die Kinder in ihrem Gedicht, denn die Schiffe hatten sie mitgenommen, und sie hatten Quebec gesehen und Vancouver und alle jene Orte, und sie konnten den Kanal selbst sehen und die Lasten, die die Schiffe trugen. Es war nichts, überhaupt nichts. Alles, was sie während der Proben beim Lehrer machte, war, ihren Mund zu öffnen und das, was schon in ihrem Herzen und ihrem Kopf war, herauszulassen.

Lehrer Holness' Gesicht zeigte eine Mischung aus Freude und zurückhaltender Verwunderung. »Selbst Anita würde das nicht fertig bringen«, überlegte er, während er das Kind beobachtete. »Wie kann das Kind so still auf all diesem Talent sitzen? Keiner hatte die geringste Ahnung von dessen Existenz! Seltsames Kind«, fuhr er fort, immer noch verblüfft.

3

Das war die Tageszeit, die Maydene mochte. Die Abenddämmerung. Nein. Abenddunkel. Nicht das. Das Halbdunkel. Nein. Einbruch der Nacht. Ja. Endlich der richtige Ausdruck. Das war Maydene. Die Anstrengung, dem Ort oder
der Situation gerecht zu werden, in der sie sich vorfand.
Befände sie sich auf den Britischen Inseln, dann würde die
Tageszeit, die ihr so viel bedeutete, »Abenddämmerung«
genannt werden, aber sie war in St. Thomas, Jamaika. Daher Einbruch der Nacht. Der richtige Ausdruck. Aber etwas
fehlte doch noch. Denn es war nicht nur der Einbruch der
Nacht, was sie meinte. Es war der »Scheitelpunkt«. Ihr per-
sönliches Wort. Sie sagte es im Flüsterton: »Scheitelpunkt«.
»Scheitelpunkt« war ein Wort, das sie erfreut hatte seit dem
Tag, an dem sie ihm begegnet war. »Ein Punkt, an dem sich
zwei Kurven treffen«, hieß es im Wörterbuch. Das war es,
was sie an der Zeit mochte, die Einbruch der Nacht genannt wurde. Das Treffen zweier ungleichartiger Punkte.
Dann fühlte sie sich, als sei sie am Anfang einer neuen
Phase der Schöpfung angelangt. Fühlte sich, als ob Gott
ganz besonders wollte, dass sie beobachtete, wie er die Sze-
nen wechselte. Eine große Ehre und immer wieder ein Vergnügen. Und das Drama, das Vergnügen und die Ehre waren in St. Thomas intensiver als an jedem anderen Ort, an
dem sie bisher gewesen war. Der Tag konnte strahlend gelb
sein bis zur Verwandlung, und dann fiel die Nacht herab,
buchstäblich wie ein schwarzer Vorhang. Das Leben verwandelte sich ebenfalls. Die Glühwürmchen blinkten um

sie herum, die Frösche hüpften herbei, die Eule nahm die Bühnenmitte ein, und die Pfeifffrösche und Grillen machten die Hintergrundmusik des Stücks. Die meisten Leute schlossen dann ihre Türen, und nur der Schein bleichgelben Lichts, das durch die Ritzen ihrer Lehmhäuser drang, gab kund, dass sie am Leben waren. Alle gottesfürchtigen Leute gingen ins Haus aus Ehrfurcht, Scheu oder Furcht, während Gott seine Verwandlung unternahm. Alle, außer Maydene Brassington, der Frau des Methodistenpfarrers, des Vorstands der Gemeinde von St. Thomas. Die Leute wussten nicht, was sie von ihr halten sollten. Wäre sie von ihrem Schlag, würden sie sagen, dass sie mit dem Dunkeln zu tun hatte oder dass sie, wie Miss Gatha, das Gesicht hatte. Aber die Dame war lilienweiß, von englischer Herkunft und gehobenem Stand. Frau Reverend William Brassington. Sie fanden sie seltsam.

Es überraschte Smith nicht, dass seine Herrin ihm nur wenige Minuten, nachdem sie die Schule in Grove Town verlassen hatten und nach dem allgemeinen Aufbruch, sagte, er möge sie dort heraus lassen, damit sie allein nach Hause gehen könne, und er solle die Gelegenheit ergreifen, Taylor nach dem Huf des Pferdes sehen zu lassen. Wenn es kurz vor Einbruch der Nacht war, gab es entweder die eine Entschuldigung oder die andere. Der Wagen musste überholt werden, und Taylor lebte in dem Bezirk. Aber Smith ließ sich nicht täuschen. Die Dame wollte einfach das machen, was sie eben um diese Tageszeit machen wollte. Aber dieses Mal lag er falsch. Es war nicht der Wunsch, Gott bei seiner Schöpfung zu beobachten, der Maydene dazu veranlasste, ihren Kutscher zu entlassen und sich anzuschicken, die drei Meilen nach Morant Bay zu Fuß zu gehen, während das Halbdunkel zur Nacht wurde. Maydene wollte meditieren, und das in Grove Town.

»Nun«, begann sie in ihrem Kopf, »William und dieser Ort. Sie haben eine ungesunde Beziehung. Und das ist schlecht für ihn.« Maydene sah sich selbst als Hüterin der Seele ihres Mannes. »Er hat die Verantwortung für die ganze Gemeinde von St. Thomas«, fuhr sie fort, »und es stimmt, er kann sich nicht um jede kleine Ecke davon kümmern, vor allem, wenn er auch noch die jungen Geistlichen im ganzen County Surrey unterweisen muss. Es ist wahr, es gibt eine ungeschriebene Abmachung, dass jede der Glaubensrichtungen eine besondere Einflusssphäre innerhalb der Gemeinde haben sollte, und es ist auch wahr, dass die Baptisten und Anglikaner hier schon eine starke Präsenz besitzen. Aber William hat es nicht mal versucht.« Wie Mr. Dombeys Schwester von Dickens' Ruhm glaubte Maydene daran, dass man es versuchen sollte. Und wand das auch auf sich an. Sie würde es mit Williams Problemen aufnehmen, bis sie umfiel. Sie fuhr fort, ihn zu analysieren. »Nimm zum Beispiel heute. Die Entschuldigung, die er mir gab, um dieser kleinen Veranstaltung nicht beiwohnen zu müssen, ist, dass er zwei oder drei seiner Außenstationen besuchen muss. Einleuchtend. Aber die Erleichterung darüber, eine Entschuldigung zu haben, war zu groß. Zu viel Energie wurde in dieses Vermeiden gesteckt.«

Und sie lief dahin, tief versunken wie üblich, grub dabei so tief in Williams Kopf, dass sie keine Kröten hörte, keine Frösche sah, dass die Grillen nur für sich zirpten und, wenn Gott darauf wartete, dass sie ihm Beifall spendete dafür, dass er die Nacht aus dickem schwarzem Filz schuf, würde er sich an jemand anderen wenden müssen. Und sie machte weiter, ging ihre Argumente Wort für Wort durch: »William«, hab ich gesagt: »Du vernachlässigst die Leute direkt vor deiner Haustür, die womöglich der Methodistengemeinschaft beitreten möchten.« Und er hat jedes Mal geantwortet: »May, du weißt nicht Bescheid. Lass mich dort arbeiten, wo ich etwas erreichen kann. Ich bräuchte einen Vorschlaghammer, um in Grove Town etwas zu erreichen.« Ich habe alle möglichen Sachen vorgeschlagen. Ein Treffen im Freien. Ein guter Vorschlag, das glaube ich immer noch, aber er meinte zu allem: »Das würde nichts helfen. Soll Getfield oder wen immer die Anglikaner von zu Hause schicken dort geistlichen Beistand leisten. Sie wissen nicht, was Grove Town ist, daher macht es nicht ernstlich was aus, was sie dort machen. Den Baptisten geht's gut. Sollen sie weitermachen. Simpson. Guter Arbeiter. Niemand kann das abstreiten, aber ein bisschen zu hart für meinen Geschmack.«

Maydene hielt diesen Baptistenpriester für einen ziemlich vernünftigen Mann. Doch die klare Botschaft kam von ihrem Mann, dass er es lieber hätte, wenn sie ihn auf Distanz hielt. Sie bearbeitete das Innere ihres Mannes mit ihren Handflächen, so wie die Köchin Dumplings machte, auf der Suche nach der noch nicht geglätteten Seite. »Was ist es?« William war ein sehr rationaler Mann, normalerweise, und von Anfang an hatten sie Angelegenheiten sowohl privater als auch öffentlicher Natur vollständig und offen miteinander besprochen, aber Grove Town und der Reverend Simpson waren eine andere Sache. Es machte Maydene Sorgen, dass Williams Kummer so tief lag, dass er sich fürchtete, ihn hochkommen zu lassen und, wenn er das nicht tat, wie konnte sie ihm dann helfen, was doch ihre

Aufgabe sein sollte? Es machte ihr Sorgen, dass es etwas ganz Einfaches sein könnte und dass jede Frau, die in Jamaika geboren war, fähig gewesen wäre, es zu begreifen, dann würde der Spiegel einen Riss zeigen, nicht eine Verbindung der Kulturen, und das wäre ein Zeichen gegen ihre Ehe und ein gewichtiger Schlag gegen ihren Glauben an die innewohnende Schönheit des Zusammentreffens von Ungleichheiten. Diese Sorge bereitete ihr ständigen Kummer.

Als sie diesem kleinen Mädchen zuhörte und sie bei ihrem Vortrag beobachtete, musste Maydene an William denken und an seinen Kummer. Seltsam. Mitten im Vortrag dieses Kindes hörte sie auf, es zu sehen, und sah stattdessen William. Es gab einen guten Grund: William war von derselben Mischung wie dieses Mädchen. Das war eines der ersten Dinge, von denen William ihr erzählt hatte. Voll Unschuld und Schönheit, genauso wie das kleine Mädchen, hatte er der Gemeinde an jenem Sonntag in Linton als Student in Cambridge gegenübergestanden. Ihr Vater war von seiner Belesenheit und seinem Exotismus beeindruckt gewesen und hatte ihn zum Tee eingeladen. Es war die Stärke seines Geistes, seine Schönheit und Leidenschaft, die sie angezogen hatten. Sofort hatte er ihnen von seiner Herkunft erzählt. Eine unsichtbare Mutter. Vielleicht ein Halbblut. Ziemlich wahrscheinlich die Geliebte einer wichtigen Person. Sie war gestorben, als sie ihn auf die Welt brachte. Er war versorgt worden. Als er zehn Jahre alt war, erhielt er eine großzügige Schenkung seines Vaters, den er nicht kannte; er war von einer Negerin aufgezogen worden, die von einem Methodistenpriester angeleitet wurde, der inzwischen gestorben war, und von dem sehr würdigen Anwalt seines Vaters, der sich um seine finanziellen Angelegenheiten kümmerte.

Maydenes Gedanken wanderten zurück zu jenem Tag in Linton und dann zu ihrem Vater. »Vater war ein seltsamer Mann. Ist er immer noch«, überlegte sie. »Dass William nicht ganz weiß war, war ihm genauso wichtig wie William, aber mit anderen Vorzeichen. Wo William entschuldigend war, war Vater begeistert. Er rieb sich im wahrsten Sinne des Wortes seine Hände vor Freude und, obwohl er es nicht wirklich aussprach, waren doch die Worte in seinen Augen zu erkennen: ›Ah, da hab ich mir einen Fisch lebend geangelt.‹ Er sprach an diesem Tag und an vielen anderen danach über die Größe von Puschkin und Beethoven. Er behauptete, sie seien Männer von Farbe gewesen, und schrieb ihre Größe ihren Genen zu. Daraus folgerte, dass William entweder groß war oder groß werden würde. In einer Zeit, in der jeder zweite Landpfarrer glaubte, seine wahre Berufung sei das wissenschaftliche Studium des Menschen, befand Vater sich in der vordersten Front des neuen Denkens – und das ganz allein.«

»Alle Menschen waren von einer braunen Farbe gewesen, doch eine Katastrophe brachte Eis in einige Gebiete der Erde und Hitze in andere, machte einige Menschen schwarz und andere weiß und hatte unterschiedliche Verhaltenssysteme geschaffen. Er erwartete, dass ein anderes Ereignis solcher Art die Welt in ihren vorherigen Zustand zurückführen würde. Es war die Mischung von Schwarz und Weiß, die am besten an diese neuen Bedingungen angepasst wäre. Und er pflegte jeden mit seinen rhetorischen Fragen zu langweilen: ›Wenn man Sauerstoff und Wasserstoff mischt, erhält man dann nicht etwas völlig Unterschiedliches von beiden und etwas einzigartig Wichtiges für den Menschen – Wasser?‹ ›Habt ihr beobachtet, wie gut sie sich machen, trotz der Vorurteile der Welt gegen sie?‹ ›War es nicht der braune Simon von Kyrene, der Jesus' Kreuz für ihn trug?‹ Vielleicht, weil nie jemand seine Theorien ernst nahm, glaubte Vater, er sei ein zweiter Noah. Er war gefesselt von diesem Mann mit einem Hauch von Schwarz. Mutter stellte natürlich gründliche Nachforschungen über ihn an, als sie bemerkte, dass mein Interesse an ihm nicht nur gespielt war, um Vater bei guter Laune zu halten, und auch kein Flirt mit dem Exotischen. Sie war begeistert davon, im Flüsterton von sich geben zu können, dass es irgendwo etwas Adliges gab. Eine sehr, sehr wichtige Person ging während des Winters in die Tropen und hatte dort eine geheime Beziehung und ließ ein Samenkorn zurück. Keine Namen waren genannt worden, aber da war Williams Erbe als Beweis. Ich wollte nur diese Leidenschaft verstehen!« Das Letzte sagte sie laut und fuhr dann mit ihrem stillen Selbstgespräch fort:

»Er muss so aufgewachsen sein wie dieses kleine Mädchen. Ein seltsames Gesicht in einem Meer von Farbe. Einsam unter seinen eigenen Leuten. Aber das konnte nicht sein: Alle seine Stationen, wie auch Grove Town, sind voll schwarzer Gesichter.« Sie kam wieder auf das kleine Mädchen zurück. Da war noch etwas anderes an ihr, dachte sie, wie bei William an dem Tag, als er nach Linton kam. »Das kleine Mädchen sah aus, als ob es flöge. Völlig losgelöst von dem Podium und von den Leute um sie herum. Nicht nur wegen ihrer Farbe, sondern wie ein Engel auf diesen Sonntagsschulkarten, der von den Menschen unter ihm getrennt ist. Der im Himmel schwamm oder flog oder was auch immer, in dieser verklärten Art über allen unter ihm. Das ist es.« Dachte sie bei sich. »Es ist dieses engelsgleiche Aussehen, das ich erblickte, das in einer Leidenschaft wurzelt, die so unschuldig und stark ist, dass sie Körper und Seele voneinander zu trennen vermag. Seltsam, Vater und ich sahen eigentlich dasselbe. Wir sahen beide das Abstrakte. Ich nannte es leidenschaftliche Unschuld, er nannte es den Geist des neuen Zeitalters.« Und sie kam wieder auf das kleine Mädchen zurück: »Aber sie ist nicht glücklich dort oben im Himmel. Sie will echt sein. Ist es das? Will William echt sein? Ist er echt geworden und mag es nicht?« Die Fragen flatterten wie Bänder verschiedener Farben an einem Maibaum, und Maydene erkannte, dass sie dabei waren, sich zu verheddern. Sie musste jetzt aufhören. »Was auch immer Williams Kummer ist, er ist verbunden mit der Realität, diesem kleinen Mädchen und Grove Town, und ich kann heute Nacht nichts mehr dran ändern.« Sie kam zum Ende, entschloss sich, ihre Gedanken brachliegen und die Elemente der Atmosphäre einzulassen und sie so viel Ordnung schaffen zu lassen, wie sie nur konnten.

Die Kröten, die Glühwürmchen, die Grillen und all die Nachtgeschöpfe waren wieder lebendig, zischten, sangen, gurgelten, pfiffen. Sie verbanden sich mit dem Knirschen von hartem Leder auf Kies – Maydenes Schuhe. Und sie hörte ein anderes Geräusch, das sie lange Zeit nicht gehört hatte. Das Tapp-Tapp von Miss Gathas bloßen Füßen auf dem Kies, dass die Steine fest in die Erde bannte. Sie schnappte den Geruch einer älteren Frau auf. Maydene wusste, dass sie Recht hatte. Welche andere Frau außer ihr würde nachts herumlaufen? Sie liebte sie und fühlte, dass sie wiedergeliebt wurde. Sie sprachen nie miteinander, aber keine von beiden benötigte Worte, um zu wissen, dass beide froh darüber waren, dass es die andere gab. Miss Gatha ging schweigend an ihr vorbei. Die Nacht war zu schwarz, als dass Maydene sie sehen konnte, aber sie wusste, dass ein Paar Füße, jeder Fuß mit fünf starken und sehr schwarzen Zehen, den Rock ihres vielfarbigen Kleides zum Schwingen brachte und dass ihr Kragen ihren Nacken eng umschloss, dass ihr Kopftuch über ihren Ohren einschnitt, flach auf dem Scheitel, das Tuch hinten zu Antennen gefaltet. Und große Holzreifen schaukelten in ihren Ohren.

Maydene lächelte vor sich hin: »Ich möchte nicht barfuß laufen, aber ich möchte gerne so einen Kopfputz tragen.« Dann lachte sie laut: »Meine glatten Haare gäben ihm wenig Chancen, drauf zu bleiben. Und das ist der Punkt«, sagte sie. »William würde nicht lachen und selbst mir nicht erlauben, über solche Sachen zu lachen. Er würde wollen, dass Miss Gatha ihren Kopfputz aufgibt und meinen Hut aufzieht, und er wäre sehr verärgert, wenn sie dies ablehnen würde. Das ist es eben. In der Kirche, nach der Kirche, die bunten Kleider sind verschwunden, ersetzt durch farbloses Weiß und diese Filzhüte, die die Leute kaufen – kaufen, ihr wisst schon – und nur an Sonntagen tragen. Was für eine Ausgabe, wenn ein Kopftuch für alle möglichen Gelegenheiten zurechtgemacht werden konnte und später, wenn es zu abgetragen war, konnte es zu Windeln für ein Enkelkind zurechtgeschnitten werden! Warum macht William diese Sachen? Und warum erlauben ihm die Leute, damit durchzukommen. ›Trägst du nicht auch einen Hut zum Kirchbesuch? Warum sollten meine Leute keine Hüte tragen? Ist es nicht nett, dass wir uns in der Gemeinschaft alle gleich benehmen?‹ Was soll man daraus machen? Ich habe ihn gewarnt. ›William‹, habe ich ihn gefragt, ›hast du etwas, was du den Menschen geben kannst, wenn du ihnen das wegnimmst, was sie haben?‹ ›William‹, habe ich gesagt, ›du bist ein Dieb‹. Und dann machte er Witze. ›Dein Hut oder ihre Kleider?‹ ›William, du bist ein Seelendieb. Du nimmst ständig die Seelen dieser Menschen weg. Erinnerst du dich an den geläuterten Mann, in den sieben Teufel fuhren, stärker als diejenigen, die zuerst in ihm waren?‹ ›Aber dein Hut, meine Liebe, wird sie aufhalten.‹ Und ich musste so sehr lachen. Aber er hatte weitergesprochen, ernster als zuvor: ›Das liegt in der Natur eines solchen geistlichen Amts – exorzieren und ersetzen.‹«

Maydene hielt inne. Sie hatte sich noch nie ernsthaft aus Williams Perspektive betrachtet. »Ich glaube, ich mag es überhaupt nicht, als etwas hochgehalten zu werden, womit diese Säcke, die er geleert hat, gefüllt werden sollen. Ich kann das nicht gut finden. Ich sehe alte Männer, die doch wissen sollten, wie sie ihr Leben leben wollen, völlig leer gesaugt in der Kirche sitzen, unfähig, die Antworten zu lesen, die nur auf das Wort warten, das aus Williams Mund kommt. Ich möchte nicht diesen Einfluss haben. Er hat sie zu kleinen Kindern reduziert. Viel besser wäre es, wenn er eine Möglichkeit fände, das, was sie wissen, mit dem in Verbindung zu bringen, von dem er will, dass sie es wissen. Sie würden nicht so unfähig erscheinen. Er sagt, das sei ein Stadium der Bekehrung, durch das alle neuen Christen hindurch müssten. War Vaters geistliche Arbeit von dieser Art? Er gab Ratschläge und er predigte Gottes Wort und er beriet. Ich vermute, seine Aufgabe war eigentlich, die schon Bekehrten zu stärken. Ich bete darum, dass William das, was er vorhat, erreichen kann, um diesen Leute wieder einen Inhalt zu geben.« Maydene lächelte beim Gedanken an Miss Gatha. »Auf keinen Fall könnte er ihren Kopfputz wegnehmen«, und beglückwünschte sie schweigend. »Also, das ist das!« Sie fühlte, dass sie nun den Erreger im Griff hatte. »Deshalb glaubt er, er brauche einen Vorschlaghammer. Die Leute in Grove Town würden seinen Anstrengungen widerstehen, sie von ihrem Verständnis des Lebens zu trennen. Aber er versucht es noch nicht mal, und das ist seltsam für William«, sagte sie.

Um die Ecke sah sie die Lichter ihres eigenen Hauses und konnte an dem Schatten, der durch das Glasfenster fiel, erkennen, dass William zu Hause war und dass er eine Ecke des Vorhangs zurückgezogen hatte und nach ihrer Rückkehr Ausschau hielt. »Armer Liebling«, sagte sie unwillkürlich und fühlte mit dem Kind in ihrem Mann, das sie so sehr brauchte, dann bewusst, als sie erkannte, was sie erfahren hatte: »Armer Liebling. William ist verkrüppelt vor Furcht, in das Grove Town seiner Vergangenheit zurückzugehen. Wir haben nie über diese frühen Jahre gesprochen, obwohl ich diesen Freud gelesen habe.« Maydene war fest entschlossen, dass das kleine Mädchen ihr helfen sollte. »Sie wird meine Tochter sein. Ich habe mir doch immer eine Tochter gewünscht.«

4

Mrs. Brassington sagte ihrer Köchin nur, dass sie gerne die Mutter des hellhäutigen Mädchens mit den langen braunen Haaren kennen lernen wolle, das bei der Veranstaltung in der Grove-Town-Schule am Sonntag das Gedicht so wunderschön vorgetragen hatte. Daraufhin beschwerte sich die Köchin beim Kutscher, dass sie nicht wisse, was sie Marys dünnhäutigem, wirrköpfigen Kind beibringen solle, das Mrs. Brassington bei ihr in die Lehre schicken wolle. Von dort verbreiteten sich die Neuigkeiten weiter, bis sie die Küche von Mrs. Amy Holness erreichten. Miss Jo, die regelmäßig Wasser für sie holte, fragte sie an diesem Morgen, ob sie schon gehört habe, dass die weiße Lady, die Frau des Methodistenpfarrers, Marys seltsames Mädchen als Schülerin bei sich aufnehmen wolle. Der Ärger darüber, über den sie aber nicht sprechen konnte, machte Mrs. Holness Kopfschmerzen. Schon wieder kam jemand von diesen Leuten zu ihr, um sie zu bitten mitzuhelfen, Mary Riley dazu zu bringen, ihr Ein und Alles aufzugeben. Frische Luft und ein bisschen Schaukeln würden ihr vielleicht gut tun, und während sie durch die Speisekammer, durch das Esszimmer und das Wohnzimmer zur Veranda ging, drängte sich ihr ein kleines Schimpfwort auf: Verdammt. Noch weitere folgten. Sie wollte sie aus ihrem Kopf schaukeln. Das würde den Druck verringern, der sich da drinnen aufbaute.

Man könnte fast meinen, sie sei eine Hellseherin, denn kaum hatte sie sich auf dem Schaukelstuhl niedergelassen, da sah sie schon Maydene Brassington auf dem Weg am Mandelbaum vorbei in der Nähe der Stelle, wo eine Abzweigung zur Schule führte und die andere zum Haus des Lehrers. Amy wusste, dass sie Recht behalten würde. Maydene Brassington bog links ab. Sie war auf dem Weg zu ihr, nicht zu ihrem Mann in die Schule, und sie fluchte innerlich: »Dieser verdammte weiße Kissenbezug mit einer Schnur um die Mitte. Die weißen Leute wollen einem nur's Kind wegnehmen, um mit rumzuspielen. Die will Marys gutes, gutes Kind, damit ihre zwei rotgesichtigen Jungs sich die Hörner abstoßen können. Die wollen wohl auch dieses Mädchen mit 'nem Kürbisbauch nach Haus schicken?« Doch da Amy Holness die Frau des Schulleiters war und Maydene Brassington die Frau des Pfarrers, war es unmöglich, das, was ihr da gerade durch den Kopf ging, auch so auszusprechen. Es bohrte weiter in ihr. Stattdessen sagte sie zu Maydene, als diese gerade die Stufen zur Veranda heraufkam: »Mrs. Brassington, wie nett, Sie zu sehen. Was für ein Zufall. Gerade hat jemand Ihren Namen erwähnt. Es wird erzählt, Sie wollen Marys Kind zu sich nehmen.« Sie wartete die Antwort nicht ab. »So ein Zufall«, fuhr sie fort. »Ihre Mutter war kurze Zeit in Stellung, wussten Sie das? Bei einem Offizier in Morant Bay. Ich habe damals den Kontakt für ihn geknüpft, über eine gewisse Mrs. Repole. Kennen Sie sie?« Die Pause war zu kurz, um zu antworten. Amy Holness sprach weiter: »Was werden Ihre Jungs das Mädchen mögen. Sie wird so gut in Ihre Familie passen. Es stimmt doch, dass sie bald nach Hause kommen? So wohlerzogene junge Männer!«

Maydene Brassington ließ sich durch diese Wortwahl nicht täuschen. Sie wusste, was Mrs. Holness in Wirklichkeit ausdrücken wollte: »Sie klugscheißerischer Fettklumpen. Warum gehen Sie nicht einfach los und erledigen ihre schmutzige Arbeit allein und lassen mich in Ruhe?« »Und das ist noch so ein Thema«, überlegte sie, mit dem William sich nicht auseinander setzen will. Überall gibt es Klassen, und die unteren müssen die oberen einfach hassen und eine Form der Verständigung finden, die nicht zu offensichtlich beleidigend ist. Er weigert sich, bei ›albernen linguistischen Ritualen‹ mitzumachen. ›Bescheidenheit‹, sagte er dann immer, ›Bescheidenheit . . ., mein Volk hat noch einen weiten Weg vor sich, und wir können es weit bringen, doch wir müssen verstehen, wie weit zurück wir sind, und uns fügen, damit wir lernen können. Es herauslassen und fertig.‹ Er kam dann nach Hause und beschwerte sich, wie lange es gedauert hatte, eine Versammlung abzuhalten nur wegen dieser linguistischen Rituale. Doch die gehören überall zum Leben. Warum sollte es hier anders sein? William will nur mal wieder erreichen, dass Menschen vor ihm ihr Herz ausschütten, sodass er sie ummodeln kann, wie es ihm gefällt.« Maydene hatte es nicht eilig zu gehen. Sie hatte jetzt einen Fuß in ein Haus in Grove Town gesetzt, und sie würde diese Chance nicht verpassen, dessen Atmosphäre dort aufzunehmen, diese auszukosten, sie zu analysieren, um ein Zusammenleben möglich zu machen. Nichts, was Gott geschaffen hatte, konnte sie schrecken. Wenn Mrs. Holness also glaubte, nur weil sie schwarz war und gesellschaftlich ein paar Sprossen unter ihr stand, könnte sie dies als eine Waffe benutzen, um sie fern zu halten, hatte sie sich geschnitten.

Maydene ließ sich auf dem kleinen Bugholzstuhl, der ihr gereicht worden war, nieder und versuchte so auszusehen, als sitze sie bequem. Doch, um die Wahrheit zu sagen, ihre fetten Hüften hingen über die Seiten herab wie Tragekörbe vom Rücken eines Esels am Freitagabend. Sie wusste, wie lächerlich sie aussah, und sie wusste, wie unbequem es für sie war, doch sie warf einen Blick ins Wohnzimmer und bewunderte laut die Rüschen und Spitzendecke auf dem Wohnzimmertisch und sagte sich im Stillen trotz ihres Unbehagens: »Sie weiß es noch nicht, aber wir werden Freundinnen sein, und sie wird mir beibringen, wie man diese vielen köstlichen Sachen zubereitet, die sie hier aus Kokosnüssen machen.« Dann begann sie, einfach nur vor sich hin zu lächeln. Ihr Schweigen wirkte verunsichernd. Amy wusste nicht mehr, was sie sagen sollte. Sie musste einfach darauf warten, dass Maydene ihr den Ball wieder zuspielte. Und Maydene baute ihren Vorteil noch weiter aus, um das Niveau und die Stimmung des Gesprächs vorzugeben. Worum es ging, war ganz klar, die Ausbeutung natürlicher, den Menschen von Gott verliehener Gaben – ihrer eigenen, oder der Wesen, die sie geschaffen hatten. Amy hatte ihr vorgeworfen, Angehörige ihres Volkes zu stehlen und deren Körper auszubeuten.

Der Vorwurf war jedoch zu versteckt, um eine direkte Antwort zu erzwingen. Maydene würde ausweichen und sie vorsichtig auf einen anderen Kurs bringen. Sie schaute auf den Fußboden, der unglaublich glänzte. Es erschien ihr wie ein Wunder, wie diese Leute es fertig brachten, ihre Fußböden so auf Hochglanz zu polieren und diesen Glanz beizubehalten. »Mrs. Holness«, sagte sie, »wie schaffen Sie es nur, mit Kindern im Haus, dass ihr Fußboden so glänzt.« Sie wusste nicht, dass Mrs. Holness keine Kinder hatte. Amy gab ihren Widerstand auf.

»Der Lehrer und ich, wir haben gar keine Kinder, wissen Sie.« Das entsprach der Wahrheit mehr, als Maydene wissen wollte, zumindest war ihr gar nicht klar, was sie wirklich gehört, oder Amy, was sie ausgesprochen hatte. Amy hatte ein Kind von jemand anderem, und dass der Lehrer Michael unterstützte, obwohl sie ihm keine eigenen Kinder geschenkt hatte, bereitete ihr immer wieder Kummer.

»Aber ich möchte wetten, es gibt ein besonderes Kind, von dem Sie wünschten, es sei Ihres.«

»Ja.« Amys Augen blickten sanft.

»Das stimmt.« Und sie begann ein Loblied auf Anita anzustimmen, wie klug sie war, wie sehr der Lehrer hoffte, dass sie eine Möglichkeit fand, etwas aus ihrem Leben zu machen; wie ihr das Leben, das sie führte, nicht so recht gefiel – ihre Mutter ließ sie zu oft allein und ging weg in die Stadt. Wirklich seltsam waren diese Leute, und man konnte sie doch schlecht darum bitten, einem ihre eigenen Kinder zu geben, selbst wenn man fand, dass man besser mit ihnen zurechtkäme; sodass sie wohl einfach warten müsse, bis Miss Euphemia – die Mutter – das Gefühl hatte, dass sie sich gut um das Kind kümmern und sie nicht wie ein Dienstmädchen behandeln würde. Doch so war eben das Leben. »Ja«, sagte Maydene. »So ist das Leben, das stimmt.« Die Unterhaltung war schneller, als sie gehofft hatte, an dem Punkt angekommen, den sie hatte erreichen wollen.

»Dann wissen Sie, dass ich Verständnis habe für Ihr Zögern hinsichtlich des kleinen Mädchens, Sie wissen schon, der Anlass meines Besuchs.«

»Sie müssen verstehen, Mrs. Brassington.« Amy saß jetzt nicht mehr auf ihrem hohen linguistischen Ross. Es war, als ob sie in ihr wirkliches Selbst vor fast siebzehn Jahren geschlüpft sei. »Die Leute sehen, dass Kinder bei Menschen wohnen, die nicht ihre Eltern sind, und sie denken, dass es uns leicht fällt, unser Kind herzugeben, ich meine unsere Kinder«, sie verbesserte rasch ihren Versprecher. »Doch es ist nicht einfach. Und ich hasse es, dabei zusehen zu müssen, wie jemand durch die Umstände dazu gezwungen wird, seine eigenen Kinder jemand anderem zu überlassen. Ich weiß daher, dass es ein großer Gefallen wäre, um den ich Miss Euphemia bitten würde. In Ihrem Fall ist mir nicht klar, wie Sie diese Angelegenheiten beurteilen. Sie haben eigene Kinder, doch sie leben nicht bei Ihnen. Wissen Sie, wie viele Leute schon versucht haben, Mary Riley zu überreden, mit ihrem Kind hier wegzugehen? Sie ist geblieben, und zusammen haben sie eine Menge durchgemacht, und ich habe großen Respekt vor dieser Leistung. Verstehen Sie überhaupt, was Sie da vorhaben? Um Ihnen die Wahrheit zu sagen, ich bin mir nicht sicher, ob ich überhaupt verstehe, was Sie eigentlich wollen.«

Eine Wahrheit verlangt die nächste Wahrheit, und Maydene gab das zu: »Das stimmt, ich weiß wirklich nicht genau, was ich will. Ich kann Ihnen aber versichern, dass ich kein Dienstmädchen suche. Die Köchin versteht ihr Geschäft. Sie sollten aber wissen, dass ich mich an dem Tag in das kleine Mädchen verliebt habe, als sie ihr Gedicht vorgetragen hat. Sicher wissen Sie, dass mein Mann Jamaikaner ist.« Amy wusste, dass sie damit sagen wollte: »Nicht ganz weiß«, und hätte bei anderer Gelegenheit Überraschung geheuchelt. »Aber Mrs. Brassington, wie außergewöhnlich.« Heute schwieg sie, und Maydene sprach weiter: »Daher kann ich manches bei ihm nicht so gut verstehen. Als ich dieses Kind sah, war es, als stehe er vor mir. Sie müssen mir nicht erklären, dass die Hautfarbe dieses Kindes ihm das Leben in einer Gegend wie dieser nicht leicht macht. So viel kann ich erkennen. Was ich erst jetzt beginne zu verstehen, ist das unglaubliche Leid, das mein Mann als Kind erlebt haben muss. Das erklärt nicht, worum ich Sie bitte. Ich weiß das.« Und sie schwieg ebenfalls. Auf dieser kleinen Veranda, in diesem Augenblick, mieden Adam und Eva den Blick des Anderen, denn sie hatten die verbotene Frucht gekostet. Maydene hatte nichts mehr vorzubringen, also sagte sie: »Das ist alles, was ich dazu sagen kann.« Worauf Amy antwortete: »Ich bringe Sie gleich zu Marys Haus.«

Mary war jedoch nicht da, Amy hätte das wissen müssen, denn die Pflanzzeit war vorbei, und Mary brauchte sowieso nicht lange für ihren halben Morgen Land. An einem Morgen unter der Woche war Mary schon längst auf dem Weg zur Plantage, um Bananen zu transportieren. Oder sie hatte sich zur wenige Meilen entfernten Werft begeben, um Bananen diesmal nicht vom Feld zum Karren, sondern vom Bahnhof zur Werft zu tragen. »Ich nehme an, Sie haben sonntags oder samstags gar keine Zeit. Ich weiß, dass eine Pfarrersfrau an diesen Tagen besonders viel zu tun hat«, sagte Amy. »Kommen Sie doch an einem Abend unter der Woche wieder. Ich lasse es Mary ausrichten, dass Sie sie treffen möchten. Ich kann Ihnen nichts versprechen, aber es ist möglich, dass sie bereit wäre, Sie zu sehen, um zu erfahren, um was es geht.« Sie waren wieder bei linguistischen Ritualen angelangt, und beide wussten es. So war das Leben. Beide wussten, dass wenn die Lehrersfrau und die Pfarrersfrau Mary besuchten, die arme Mary, sobald sie davon hörte, dazu verpflichtet war, sich so schnell wie möglich auf den Weg zu machen, um herauszufinden, was diese von ihr wollten. Mary war seltsam und eigenwillig. Aber nicht seltsam und eigenwillig genug. Und ihr etwas ausrichten zu lassen, war gar nicht nötig. Schon jetzt war ihr zu Ohren gekommen, dass Miss Amy die Frau des Methodistenpfarrers zu ihr gebracht hatte, und, obwohl sie so weit entfernt war, würden die Leute nach dem Grund des Besuchs fragen, als ob allein durch deren Anwesenheit bei ihrem Haus eine Art Gedankenübertragung stattgefunden hätte. Amy Holness' unsinnige Bemerkung war nur dazu gedacht, das Schweigen zu brechen. Sie hätte genauso gut »Guten Abend« sagen können. Eine Art Vorspiel auf den Abschiedsgruß, während sie gemeinsam zur Kreuzung gingen.

Maydene überlegte, wie William auf ihren Besuch reagieren würde. Sie musste auch ihm nichts davon erzählen. Er würde ebenfalls durch das Gerede davon hören und bereits Bescheid wissen, bevor er heute Abend nach Hause kam. Dass Maydene Brassington im Pfarrbezirk herumspazierte, war keine besondere Neuigkeit: Die Pfarrersfrau ging nur einfach gerne allein spazieren, am liebsten, wenn der Abend hereinbrach. Doch eine weiße Frau und eine schwarze Frau, die gemeinsam, ruhig und zufrieden wie Gleichberechtigte, nebeneinander hergingen, das waren Neuigkeiten. Das war ein Ereignis, das in die Geschichte des Ortes eingehen sollte. Bis William den Stadtrand von Morant Bay erreicht hatte, würde jemand zu ihm sagen: »Ah ja Pfarrer, sie versuchen's jetzt wohl in Grove Town«, was so viel heißen sollte wie: »Ihre Angetraute war heute dort. Haben Sie sie vorgeschickt, um herauszufinden, ob

Sie dort eine Missionsstation einrichten können?« Oder jemand anderes sagte etwas deutlicher: »Pfarrer, wie nett von Ihnen, dass sie Ihre Frau in Grove Town vorbeischicken, damit sie sich um die Kranken kümmert«, was zu bedeuten hatte: »Ihre naseweise Frau ist nach Grove Town gegangen und lässt sich mit so einer Sorte von Leuten ein.« Falls William nicht zu müde war, würde er ihren Gesichtsausdruck sehen, der die wahre Botschaft freigab, und würde sich über die »linguistischen Rituale« ärgern. Wenn er sehr müde war, würde er nur hören und verstehen, dass Maydene nach Grove Town gegangen war. Wie auch immer die Botschaft und wie auch immer seine Verfassung war, Maydene wusste, dass eine Erklärung von ihr erwartet wurde. Bei dem Gedanken an die Erklärung, die sie für William finden musste, erinnerte sie sich an Amys unausgesprochene Frage, die gleichzeitig ein Vorwurf war, und sie fühlte sich jetzt bereit, sie zu beantworten.

»Die Jungs«, sagte sie, »meine Jungs. Die sind in England auf der Schule. Aber das wissen Sie schon. Warum? Sie sind dort geboren, verbrachten ein paar Jahre hier und sind dorthin zurück wegen ihrer weiteren Schulbildung. Ich könnte vorbringen, dass ich viel Arbeit habe und es nicht schaffte, auch noch die beiden zu erziehen, aber das wäre nicht ganz richtig, denn wenn es nicht anders ginge, würde ich es tun. Übrigens, es sieht vielleicht für Sie nicht so aus, aber ich habe eine ganze Menge Arbeit zu erledigen. Eines Tages müssen wir uns mal darüber unterhalten.« In ihrer gradlinigen Art, so unkompliziert wie die Kleider, die sie trug, fuhr Maydene fort: »Mrs. Holness, es ist nicht nett, dies einer armen schwarzen Person gegenüber zuzugeben, aber Tatsache ist, dass manche Leute sich an einen bestimmten Lebensstil gewöhnt haben, und da sie das Geld haben, diesen so aufrechtzuerhalten, tun sie es einfach. Das ist, um ganz ehrlich zu sein, der Grund, warum die Jungs in Großbritannien auf die Schule gehen. Ein Problem dabei ist, dass es so vieles in Jamaika gibt, wo ziemlich sicher ihr Zuhause sein wird, das sie nicht kennen. Und machen Sie sich bitte keine Sorgen, Ella soll ihnen nicht helfen, die jamaikanischen Frauen kennen zu lernen. Es stimmt, sie sind fünfzehn und siebzehn, und sie möchten das vielleicht gerne. Ich glaube aber nicht, dass sie so veranlagt sind. Jedenfalls hoffe ich das. Sehr schwach. Ein sehr schwaches Argument. Keine Garantie, ich weiß. Aber ich habe ihren Vater leiden sehen und weiß jetzt, dass ich nur einen kleinen Teil davon gesehen habe. Ich würde das Kind beschützen. Wir greifen ein bisschen vor, oder? Doch ja, das ist eine Sache, über die ich weiter nachdenken muss.«

Miss Amy hatte mittlerweile ihre Frage vergessen und war überzeugt, dass Ella zu Mrs. Brassington gehen sollte. Viele Mädchen würden alles dafür geben, wenn sie die Möglichkeit hätten, ein paar Qualifikationen zu erwerben, mit denen sie sich ihren Lebensunterhalt verdienen könnten. Sie war jetzt dreizehn. Noch zwei weitere Jahre in der Schule. Sie war nicht sehr aufgeweckt. Ganz sicher nicht aufgeweckt. Und sie war seltsam. Noch dazu wussten die Leute immer noch nicht, was sie mit ihr anfangen sollten. Dieser Gedichtvortrag war ein reiner Glücksfall gewesen. Sie hatte ihre Sache sehr gut gemacht und Anerkennung und Aufmerksamkeit für sich und Jacob errungen. Doch wie viele Schulinspektionen lagen noch vor ihr? Noch zwei. Dreizehn und immer noch beim vierten Buch. Nicht einmal eine Klasse übersprungen! Keiner könnte ihr Nachhilfestunden bezahlen. In diesem Distrikt gab es nichts für sie zu tun und, um die Wahrheit zu sagen, es sah nicht richtig aus, wenn sie einen Korb auf dem Kopf transportierte. Wenn Mary vorsprach, wollte sie über diese Sachen offen mit ihr reden. Selbst wenn Mrs. Brassington sie einfach nur als Schulmädchen aufnahm, wäre das gut, doch sie würde Mary erklären, dass es sogar noch bessere Möglichkeiten für sie gab, und hoffte, dass, wenn sie sich entschloss, sich auf Mrs. Brassington einzulassen, sie so etwas wie einen Sekretärinnenkurs dabei heraushandeln könnte. Mit ihren Haaren und ihrer Hautfarbe konnte sie es weit bringen. Und es gab keinen Grund, ihr im Weg zu stehen. Wer weiß, das Kind dachte später vielleicht an seine Mutter und würde sie unterstützen. Wenn Mrs. Brassington das tun wollte, was O'Grady versäumt hatte, dann war auch das das Leben. Man wusste nie, wer das Gleichgewicht wiederherstellen würde.

Wenn jemand einmal etwas Gutes tat, war es gut möglich, dass noch jemand etwas abbekommen würde. Eine Nähmaschine für Michael wäre vielleicht drin; Euphemia könnte ihnen Anita geben, und sie konnte endlich aufhören, sich so schuldig zu fühlen, dass Jacob ihr Kind unterstützte, das sie ins Haus ihrer Eltern abgeschoben hatte. Das Leben war seltsam.

In dieser Nacht träumte sie, dass sie am Ufer eines schönen Flusses stand. Sie war allein auf ihrer Seite, und auf der anderen Seite waren alle ihre Freunde und ihre Familie. Es war so, als sei ein Picknick auf deren Seite des Flusses geplant, aber sie hatte sich verlaufen und war auf die falsche Seite gelangt. Die anderen freuten sich alle, sie zu sehen, winkten ihr mit den Hüten zu und riefen ihr zu, herüberzukommen. Sie konnte keinen Weg erkennen. Nur den klaren Fluss neben sich, so klar, dass sie die Steine auf dem Boden sehen konnte. Schon lange Zeit war das Wasser von niemandem aufgerührt worden. Es war sehr klar und rein. Es war nicht von der Art Wasser, in dem man Wäsche wusch, denn es gab keine verräterischen Zeichen in der Nähe, etwa ein Stück Stoff oder ein altes Kleidungsstück. Es war kein Fluss, in dem man fischte, denn es war nichts davon zu sehen, dass Krabben oder Garnelen sich darin bewegten. Selbst die Steine waren seltsam. Üblicherweise waren sie cremefarben und sahen weich aus, sodass man wusste, sobald man hineinstieg, könnte das Wasser sich bewölken, wenn man mit den Füßen die Ablagerung von den Steinen löste. Diese waren nicht so. Diese Steine waren hart und zusammengebacken, sodass die Füße eine solide, gleichförmige Oberfläche vorfinden würden. Beunruhigend war jedoch, dass ihre Füße nicht die sicheren Steine erreichen konnten. Sie würde schwimmen müssen. Und die anderen sagten ständig: »Schwimm einfach rüber. Es ist einfach.«

Etwas an dem Traum mochte sie nicht, denn unter den Lebendigen an dem anderen Flussufer waren auch einige Tote. Doch das saubere Wasser war ein gutes Zeichen. Jacob stimmte dem zu. Ganz sicher war es ein verwirrender Traum, doch er fand auch, dass das saubere Wasser ein gutes Zeichen war. Neckend sagte er zu ihr: »Du kannst schwimmen. Streck einfach deine Beine aus und los geht's. In null Komma nichts bist du über dem Fluss bei den Anderen. Aber sieh zu, dass du mich auf deinem Rücken mit rübernimmst.« Er hatte das Gefühl, dass es etwas mit den Brassingtons zu tun hatte. Als Amy ihm von Mrs. Brassingtons Besuch erzählte, hatte er Hoffnung gefasst. »Sieht aus, als könnte etwas passieren, Amy«, war seine Reaktion gewesen. Er spürte, dass der Traum eine Bestätigung seiner Diagnose war. Er hatte so hart für eine höhere Einstufung seiner Schule gearbeitet. Man beachte nur die Anstrengung, ein Gedicht zu finden, das sowohl Geschichte, Geografie als auch Staatsbürgerkunde lehrte! Und besser noch, Liebe zum Empire, die jetzt, wo England von Krieg bedroht wurde, so sehr vonnöten war. Vierzehn Jahre in einer Schule ohne Aussicht auf eine höhere Einstufung waren kein Grund für ihn, stolz zu sein.

5

Anita war am Lernen. Ein Lernen, das den Verstand vom Körper und beide von der Seele trennt und jeden Bereich der Infiltration freigab. Sie übte das Solmisieren. Dazu musste sie sich stark konzentrieren. Sie musste die Noten lesen – die erste Note auf der Linie ist ein »e« –, und sie musste sich die Tonsilben merken. »Do re mi fa so la ti do.« Wenn das »e« war, dann war es eigentlich »mi«, und sie sprach es aus. Und die Nächste ist im ersten Zwischenraum, also muss das »f« sein, und wenn »f« nach »e« kommt, dann muss es »fa« sein, und sie sagte es laut. Dann wiederholte sie: »Do re mi fa.« Was sie brauchte, war »mi fa«, und sie sprach diese zwei laut aus. »Mi fa.« Die nächste Note war etwas schwieriger. Sie war ganz am Ende, die letzte Note auf der Linie, also musste es »f« sein. Jetzt die Silbe finden. »Do re mi fa so la ti do.« Also war das »do«. Demnach waren die ersten drei Noten im Stück »mi fa do«. Und jetzt singen. Und sie schaffte es: »Mi fa do.« Und jetzt mit Text: »Dich lieb ich.« Sie hatte es geschafft. Und jetzt noch ein bisschen mehr. Der Lehrer hatte gesagt, es sei leicht. Andere Klänge gesellten sich zu ihren. Sie hörte ein leises »Ping«, aber sie machte weiter mit der vierten Note. Die war drei Schritte unter der untersten Linie, und ein kurzer Strich ging quer durch. In Gedanken wiederholte sie: »›E‹ ist die erste Note auf der Linie, ›d‹ musste die erste unter der Linie sein, also musste die direkt drunter, durch die der Strich ging, ›c‹ sein.« Sie hatte es sich verdeutlicht. Jetzt musste sie die Silbe finden. Sie wiederholte die Silben.

»›E‹ war ›mi‹, ›d‹ war ›re‹, diese musste dann ›do‹ sein. Es hieß dann ›mi fa do do‹, und das letzte »do« war das tiefe.« Dann sang sie: »Mi fa do. Do . . . « Und mit Text: »Dich lieb ich. Mehr. . . « »Ping.« Schon wieder dieses Geräusch!

Das kam nicht vom Wellblech, das sich auf dem Dach ausdehnte. Das klang doch längst nicht so durchdringend und bewegte sich eher mit dem Geräusch »Plopp, Plopp, Plopp«. Überhaupt war es jetzt Abend, es war keine Sonne da, die das Dach sich ausdehnen lassen könnte. »Ping.« Diesmal noch durchdringender und lauter. »Wer ist denn das, der so spät am Tag Steine aufs Haus wirft?«, rief sie laut. »Jungs, hört auf damit!« Und sie ging hinaus, um ihren schönen, fünfzehn Jahre alten Körper zu zeigen, denn obwohl sie, was schulische Dinge betraf, ganz besonders klug war und das auch wusste, so wusste sie auch, dass sie eine hübsche Haut und eine hübsche Figur hatte und dass die Jungs ständig versuchten, sie auf sich aufmerksam zu machen. Sie öffnete die Tür, bereit für ihren Auftritt, da erwischte es sie – »Ping« – mitten auf der Stirn, und sie sah einen kleinen weißen Kieselstein herabfallen. »Wisst ihr, dass ihr mich getroffen habt?«, rief sie. Ein weiteres »Ping« kam vom Wellblechdach. Doch Anita dachte nicht daran, sich von der Stelle zu bewegen. Sie war groß und stinkwütend. »Zielt noch mal auf mich, wenn ihr euch traut.« »Bums.« Diesmal wurde sie am Schlüsselbein getroffen. »He, was ist denn hier los, ihr habt mich getroffen, hört ihr?« Und dieses Mal schloss sie die Tür. »Wartet bloß, bis meine Mutter nach Hause kommt.« Aber die Steine regneten weiterhin auf das Haus herab. Selbst dann, als es ganz dunkel wurde! Anita überlegte, welche Jungs das wohl waren. Wer saß denn schon stundenlang an einer Stelle und warf mit

Steinen, ohne einmal rauszukommen und anzugeben? Das heißt, wenn es überhaupt einer oder mehrere Jungs waren! Doch wer sollte es sonst sein?

Ihre Mutter meinte, es müssten die Jungs sein und sie müsse dem Lehrer am nächsten Tag davon erzählen. In Wirklichkeit dachte Euphemia: »Das muss ein ganz schön hartnäckiger Kerl sein!« Doch sie wollte diesen Gedanken nicht laut aussprechen, denn sie war zu müde. Sie war weit oben in den Bergen gewesen, hatte fast bis zum Hardware Gap gehen müssen, um Frühlingszwiebeln zu besorgen, die ihren Vorrat für den Markt in der Princess Street vervollständigen sollten. Sie würde früh aufstehen müssen, um die Bananen auseinander zu teilen, sie etwas abtropfen zu lassen, die Yampies in Bananenblätter einzuwickeln, die Messbecher zu ölen und sich Wechselgeld zu besorgen. Sie musste noch schnell bei Taylor vorbeigehen und herausfinden, ob er ihr Geld wechseln konnte. Taylor. Dann fiel ihr ein, dass sich alles geändert hatte. War sich nicht sicher, ob sie bei Taylor vorbeigehen sollte, aber bei wem denn sonst? Das hatte sie noch nicht geklärt. Ein bisschen Schlaf brauchte sie auch, denn Mass Levi kam in der Frühe und konnte sie nur bis Whitehorses mitnehmen; sie würde sich beeilen müssen, um Mass Cephas in Yallahs zu erwischen, wenn sie morgen in die Stadt kommen wollte, um vom Freitagsmarkt etwas zu haben. So viel war noch zu erledigen, bevor Mass Levi kam! Keine Zeit, sich wegen Steinen, die aufs Dach fielen, Sorgen zu machen. War auch gar nicht ihr Haus. Sie hatte es nur gemietet. Wenn jemand das Dach ruinieren wollte, war das Mass Levis Sache. Er wird's reparieren müssen. Genau. Sie wollte ihm davon erzählen, wie die Jungs Steine aufs Haus warfen, dann sollte er sich doch drum kümmern. Außerdem wollte sie nicht über Anita und Jungs nachdenken. Sie wusste noch, wie sie in dem Alter war. Reizen, bis sie aus der Haut fuhren. Doch Anita steckte mit dem Kopf immer in einem Buch! Sie hatte gehofft, dass sie sich jetzt noch nicht mit so was abgeben würde. Und dann war sie so oft allein im Haus. Sie könnte eine Menge anstellen, wenn sie das wollte. Sie würde sich nicht einmischen und das Beste hoffen. Morgen wollte sie mit Mass Levi drüber reden und Anita mit dem Lehrer reden lassen.

Anita war kein Schulkind mehr. Schon vor einigen Monaten war sie fünfzehn geworden, und sie hatte das Schulalter überschritten. Der Lehrer hatte sie als Hilfskraft behalten und hoffte, dass die Schule bei der Inspektion so gut abgeschnitten hatte, dass der Inspektor und die Schulbehörde die Empfehlung aussprechen würden, ihm etwas Geld für einen Aushilfslehrer zu Verfügung zu stellen, und dann würde er Anita einstellen und ihr etwas Taschengeld geben, um ihr zu helfen. Gerade jetzt half sie bei der A-Klasse aus, und tagsüber fand er immer etwas Zeit, um ihr zu helfen, etwas Neues zu lernen. Sie konnte weiterhin die Abendklassen besuchen, und das machte sie auch. Aber es gab eigentlich nichts mehr, was sie da noch lernen konnte, da sie schon mit fünfzehn Jahren die vorläufigen Prüfungen eins, zwei und drei bestanden hatte. Sie war zu jung, um aufs College zu gehen, und überhaupt, wo sollte das Geld dafür herkommen. Also würde er ihr einfach ein paar neue Sachen beibringen, und wenn sie mitkam, wollte er sie am Hilfslehrerexamen teilnehmen lassen. Wenn sie wegen ihres Alters abgelehnt würde, würde er sich einfach nach der Prüfung die Unterlagen besorgen und sie eine Art Scheinexamen machen lassen. Dadurch würde sie in

Übung bleiben, bis ihre Zeit gekommen war. Gestern Abend hatte er ihr die Grundlagen der Musik beigebracht. Auch dieses hatte sie schnell begriffen, und was für eine angenehme Stimme sie hatte! Nicht kräftig, aber wohlklingend. Hielt die Melodie sehr schön.

Auf Anitas Kopf war eine unübersehbare Beule gewachsen. Der Lehrer stellte sofort die Verbindung zum Steinewerfen her, von dem sie ihm erzählt hatte. Er würde jedes Kind in der Schule verprügeln, bis er herausfand, wer das gewesen war. Er war kein Mann, der zu Gewalt neigte, doch die Leute mussten lernen, das Gute zu schätzen und ganz besonders das Gute, das aus ihnen selbst kam. »Seht euch dieses Kind an, eine Ehre für ganz Grove Town, und da kommt jemand her und wirft ihr einen Stein an den Kopf? Und wenn's das Auge erwischt hätte? Jeden Tag hört ihr das. ›Werft nicht mit Steinen. Steine haben keine Augen, sie können nicht sehen.‹ Aber sie wollen einfach nicht hören.« Aber es gab kein Geständnis. Keiner hatte einen anderen gesehen, und keiner hatte irgendetwas von jemand anderem gehört. Beim Mittagessen fragte er Amy, was sie davon hielt. Erst da fiel ihm auf, dass in Anita mehr steckte, als ihr Verstand. Amy hatte lachend vermutet, dass wohl ein junger Mann versuchte, von Anita beachtet zu werden. Erst danach bemerkte er die glatte schwarze Haut, die hoch gewölbte Brust, den Fall des Rückens und die Form ihres Hinterteils, erkannte, dass sie diesen Wettbewerb gewann wie alle anderen auch, und bemerkte, wie ihm bei dieser Gelegenheit ein Gedanke durch den Kopf ging: »Was für ein feines, gut gepflegtes Pferd.« Er kam sich lächerlich vor. »Und deswegen habe ich fast die ganze Schule verprügelt! Amy, wir müssen dieses Kind sofort zu uns nehmen. Wir haben uns so viel Arbeit mit ihr gemacht, da soll kein dahergelaufener Bauernlümmel sie sich schnappen und zum Yams-Verkaufen auf den Markt schicken. Sofort. Auf der Stelle. So ein lebhaftes Mädchen. So selbstsicher. Und wie sie lacht, wenn sie etwas Neues gelernt hat. Der arme Kerl tut mir Leid. Der kann doch gar nicht mit ihr mithalten. Bringt's nur fertig, mit Steinen aufs Dach zu werfen.«

Wer es auch sein mochte, der bei Anita Beachtung finden wollte, er brauchte lange, um sich zu zeigen. Die Steine fielen weiterhin an jedem Abend, den Gott werden ließ. Das kleine wellblechgedeckte Haus wurde zum öffentlichen Spektakel. Die Leute kamen aus Morant Bay und von noch weiter weg, um die Steine zu sehen, oder, mit etwas Glück, die Steine nicht nur zu sehen, sondern auch zu hören, wie sie fielen. Die kleine Schülerin bekam wenig Schlaf und verlor ziemlich an Gewicht.

Mass Levi sah verärgert aus, und er hatte guten Grund dazu. Es war sein Grundstück. Wie konnte jemand es wagen, Steine aufs Dach dieses Mannes zu werfen? Oder wussten sie etwa nicht, wer er war, kannten sie ihn nicht? Alle wussten doch, welchen Einfluss Mass Levi hatte. Entweder hatten sie Gerüchte darüber gehört oder es selbst erlebt. Leute, die ihn von früher her nicht kannten, weil sie da noch nicht auf der Welt waren oder noch nicht in Grove Town gelebt hatten, hatten gehört, was über ihn erzählt wurde, und konnten selbst sehen, wie sein Einfluss sich bemerkbar machte. Mass Levi war in früheren Zeiten ein DC gewesen – ein *District Constable* – und besaß nicht nur große Körperkraft, und das ganz offensichtlich, sondern er war auch unbestechlich. Niemand konnte ihn erpressen. Niemand konnte ihm einen Anteil anbieten und ihn so zum Schweigen bringen. Keine Frau konnte insgeheim lächeln, wenn sein Name fiel. Er war ein Mann, der seinen Ochsenziemer, ohne große Unterschiede zu machen, sowohl für Maultier, Mann oder Frau benutzen würde, ohne dass jemand mit Sicherheit sagen könnte, er hätte das je getan. Und mit der Zeit, diesem Geschenk Gottes, ging er besonders sorgsam um! Man konnte die Uhr nach ihm stellen. Jeden Freitagmorgen noch vor Tagesanbruch konnte man Mass Levi hören, wie er seine Maultiere über die Lee Bridge vorantrieb: »... komm schon, hübsches Mädel, komm Honigtröpfchen.« Und so liebevoll, wie ihre Namen waren, und so liebevoll, wie er ihre Namen rief, genauso liebevoll versetzte er ihnen mit dem besagten Ochsenziemer, von dem es hieß, er weiche ihn in ihrem Urin ein, um eine bessere Wirkung zu erzielen, einen kleinen Hieb in ihre Seiten, genau an der richtigen Stelle. Nur einmal versetzte er ihnen diesen kleinen Hieb. Auf der Lee Bridge, und dann galoppierten sie bis auf den Tamarind Square. Und wer nicht bereitstand, um seine Waren auf den Karren zu laden, wenn Mass Levi den Platz erreichte, konnte halt nicht mitkommen. Mit ihm war einfach nicht zu spaßen.

Und mit Frauen machte er auch keinen Spaß. Jeder wusste, dass er, so wie er gutes Pferdematerial schätzte, auch einen wohlgeformten Frauenkörper zu schätzen wusste. Doch wenn eine Frau glaubte, Gott habe ihr dieses Äußere geschenkt, um Mass Levi den Kopf zu verdrehen und Einfluss über ihn zu gewinnen, musste sie da noch mal drüber nachdenken. Und doch war er nett zu ihnen und oft auch ganz unvermittelt. Zum Beispiel galoppierte er mit todernstem Gesicht mit seinen Maultieren herbei, um die Lasten abzuholen, und sagte dann zu Miss Madeline, die sich gerade neben ihm auf den Karren gesetzt hatte, ihr schweißüberströmtes Gesicht mit der Schürze abwischte und dem Herrn dankte, dass sie es noch geschafft hatte, bevor Mass Levi abfuhr: »Miss Madeline, was sehen Sie heute Morgen so bezaubernd aus.« Und er starrte sie schweigend an, bis sie ihren Blick zu ihm hob. Dann lächelte er verheißungsvoll, und das Lächeln wich plötzlich wohl wollender, geistlicher Zurechtweisung: »Beherrschung, Miss Madeline, Beherrschung.« Ganz offensichtlich war sie tief im Innern eine liederliche Frau, die ihm Signale der Bereitschaft gesendet hatte. Und die gute Frau war so beschämt, dass sie im Stillen Mass Levi dankte, dass er sie vor der Sünde bewahrt hatte und darüber hinaus ihre Schande geheim hielt. Doch nie würde sie die Möglichkeiten vergessen, die der Augenblick ihr verheißen hatte. Von da an wendete sie ihren Blick von ihm ab. Doch sie wusste, dass sie sich bereit und willig zeigen würde, sollte die Natur ihn überkommen. Während sie also ihre Augen abwandte, warf sie ihm von Zeit zu Zeit einen Blick zu, um zu sehen, ob er eine Botschaft habe. Viele der älteren Frauen, die auf den rauen Baptistenbänken saßen, waren für Mass Levi bereit. Er müsste nur mit seinem Zeigefinger winken, und sie käme angerannt und würde noch dazu alle Vorbereitungen treffen. Doch er rief sie nie.

Wie er die Frauen behandelte, so behandelte er die Männer. Auf dieselbe Art. Wenn man zwei Pfund leihen wollte und Mass Levi die hatte, sagte er nie nein. »Hier Bruder, aus freien Stücken hast du's erhalten, aus freien Stücken gib.« Keiner Menschenseele würde er erzählen, dass es schlecht um einen stand. So war er eben. Konnte ein Geheimnis für sich behalten. Und drängelte einen auch nicht bei der Rückzahlung. Doch vielleicht sah er einen mit einem Glas Rum, mit dem man sich aufs Hemd kleckerte, während man es sich gut gehen ließ. »Bertie, du hast dir aber grade das Hemd bekleckert«, begleitet von einem kleinen Lächeln. Sonst nichts. Und der Rum schmeckte nicht mehr. Mancher Mann fand auf diese Weise zum Herrn. Mass Levi lieben und sich schämen.

Wegen demselben Mann wird in Grove Town auch kein Yam mehr gestohlen. Mass Levi hat den Dieb erwischt. Glaubt ihr vielleicht, er hätte ihn geschlagen? Mass Levi ist ein DC – ein Offizier des Gesetzes. Er hätte ihn zur Polizei bringen können, ihn einsperren, ihn verurteilen und ihm wer weiß wie viele Schläge mit der neunschwänzigen Katze verabreichen lassen und ihn für wer weiß wie viele Jahre ins Gefängnis bringen können. Und was hat er gemacht? Mass Levi band ihn wie ein Schwein an der Wiese gegenüber dem Marktplatz fest mit den Worten: »Grab jetzt. Du gräbst gern anderer Leute Felder um. Jetzt hast du ein eigenes. Grab schon zu.«

Genauso war's mit dem Land. Alles, was er anpflanzte, gedieh. Keine Zauberei. Keine Menschenseele hätte sagen können, sie hätten Mass Levi geholfen, sein Land umzugraben, und sie hätten dabei eine als Glücksbringer vergrabene Flasche gefunden. Harte Arbeit und viel Geduld. Der Mann stand rechtzeitig auf, um den Tau zu sehen, und kam erst nach Hause, wenn die Lampen angezündet wurden. Wenn ein Stück Land keine Ernte bringen wollte, sagte er: »Komm schon Liebes, warum behandelst du mich so?« Oder ein anderes gutes Wort. »Brauchst du Dünger? Wohin willst du ihn haben? Hierher? Nein. An der Stelle dann.« Mass Levi kannte ganz genau die Stelle, die unterirdisch einen Punkt mit dem anderen verband, und er wusste, welche Art von Nährstoffen seine Erde wann brauchte, sodass er die richtige Art in der richtigen Menge zum richtigen Zeitpunkt einbringen konnte, um das gewünschte Ergebnis zu erzielen. Ihr solltet seine Bananen sehen! Fruchtstände so groß wie Schiffe, und sein *Callaloo* war ein sehenswerter Anblick.

Der Mann war gesegnet, und sein Ruhm verbreitete sich weit und breit. Ein Mann mit ’nem eigenen Abort! Das gibt’s sonst nur bei den großen Herrn! Wo seine Kinder auch ihren Namen nannten, fragten die Leute nur: »Der Sohn von Levi Clark?«, und sie wurden gut behandelt.

Er lehrte seine Kinder den Wert harter Arbeit, und sie behaupteten sich in Grove Town und außerhalb. Nur er und Miss Iris waren noch da und ein junger Sohn, der noch seinen Weg im Leben finden musste. Man konnte nicht alle Karten auf seine Kinder setzen und, obwohl Mass Levis Kinder sich gut gemacht hatten, gab er nie jemandem das Gefühl, er glaube, sie seien von Natur aus besser als die von jemand anderem. Vor allen Leuten befragte er Calvert: »Mein Junge, hast du da deine Hand im Spiel?«, und er zeigte ihm die Steine in seinen Händen, von denen Miss Euphemia einige aufgehoben hatte, um sie den Neugierigen zu zeigen. »Sie ist ein sehr nettes und anständiges Mädchen. Wenn du was von ihr willst, frag sie gefälligst. Da ist nichts dabei. Sag’s einfach grade heraus. Wirf nicht mit Steinen, die verderben das Blech und erschrecken das Mädchen.« Wie üblich gab Mass Levi den Kurs vor, und andere folgten seinem Beispiel, beschuldigten ihre eigenen Jungs und warnten sie. Ein anständiger Mann. Ein anständiger Mann ist ein einflussreicher Mann. Was für ein dummer

Junge würde sich denn mit dem Mann und seinem Besitz einen Scherz erlauben? Als wollte jemand die ganze Kraft dieses Mannes zum Vorschein bringen und ihn dazu bewegen, seinen Ochsenziemer rauszuziehen und in Aktion zu treten.

Nur zwei Personen zweifelten an Mass Levis Kräften. Die eine war Mass Levi selbst, und die andere war seine Frau, Miss Iris. Sie wusste, dass der arme liebe Mann, der schon die fünfzig überschritten hatte, der ihr so viel gegeben hatte, der sie begoss und sie zum Wachsen gebracht hatte, der sie vorm harschen Sonnenlicht des Lebens geschützt hatte und vorm Übermaß des Regens, dass dieser Mann nur noch ein Schatten seiner selbst war. Trotz all der Papayabäume, die er dieser Tage ständig umhackte, hing er doch da wie eine tote Ratte. Der Schlag hatte ihn unverhofft getroffen, und der Mann, der so geschickt manipulieren und den richtigen Zeitpunkt wählen konnte, der Mann, der seine Energien für den genau richtigen Augenblick bewahrt hatte, jammerte jetzt, dass seine Kräfte ihn verlassen hätten. Stellt euch das mal vor! Levi Clarke jammerte. Jetzt schon ein ganzes Jahr. Nur Erinnerungen waren geblieben. Wenn doch Gebete helfen könnten! Wenn sie wüsste, wo sie die Kräfte finden könnte, würde sie diese für ihn besorgen, nicht so sehr um ihret- als um seinetwegen. Miss Iris beobachtete ihn. Konnte er das durchhalten?

Ole African rettete ihn. An dem Tag, als er vom Berg stieg und mit seinem Deckeltopf ums Haus ging, wussten sie Bescheid. Das war kein Menschenwerk. Das war kein junger Mann auf Brautschau oder Jungs, die jemanden aufziehen wollten. Denn Ole African zeigte sich nur dann, wenn ein Geist losgelassen war, der zurechtgestutzt und weggeschafft werden musste. »Die eine Hälfte wurde noch nie erzählt«, murmelte er. Und in ganz Grove Town erklang das Echo: »Die eine Hälfte wurde noch nie erzählt«, hat Ole African gesagt. Es musste etwas geschehen.

Doch Mass Levi sollte daran nicht beteiligt sein.

6

Gesang überkam den Reverend Simpson wie ein Anfall. Es war Freitagmittag, und er hatte schon einige Besuche hinter sich. Der Geist bereitete ihn auf seine Sonntagspredigt vor und wollte im Gesang zu ihm kommen. Er führte ihn zu *Let my people go.* Der Reverend hatte eine schöne Baritonstimme. *When Israel was in Egypt land / Let my people go / Oppressed so hard they could not stand / Let my people go!* Und die Meditation begann. Ruhig flossen die Worte dem Reverend Musgrave Simpson zu: »Dieser Mann in St. Ann. Der Mann, der dieses Aboukir-Institut gegründet hat, der ist ein guter Mann. Hab gehört, er will den König dazu überreden, ihm Land im Kongo zu geben, um mit einer Art Rückkehr zu beginnen. Fein. Das kann ich unterstützen. Aber das ist nicht, was ›Gehen‹ für mich bedeutet. Das ist ›Weggehen‹, und es kann nicht einfach ›Weggehen‹ sein, denn sie würden dir einfach folgen. Was mein ›Gehen‹ bedeutet ist: ›Nehmt eure Hände von meinem Hemd‹. Seine Stimme hob sich höher und höher. Mein ›Gehen‹ bedeutet, ›Nehmt eure Fessel von meinem Hals‹, bedeutet, ›Nehmt euren Schraubstock von meinem Kopf‹, bedeutet ›Geht runter von meinen Lungen und lasst mich atmen‹.« Der Geist war nun in vollem Flug und nahm seine Stimme mit sich, höher und höher, bis durch die Decke hindurch: »›Lasst mich gehen‹, ›lasst meinen Geist sich emporschwingen bis zum Firmament‹, ›lasst mich den brennenden Busch erblicken‹. Er bedeckte Adams und Evas Schande, er wird auch unsere bedecken.« Wäre es Sonntag gewesen und hätte er auf der Kanzel in der Kirche gestanden, dann hätte er das Geländer fest umklammert, bis seine Knöchel die Haut gestrafft hätten, und sein Hals hätte im Kragen wiederholt gezuckt, während er seinen Mund zur Decke richtete, und die Schwingungen seiner Stimme hätten das v-förmige Dach zum Zittern gebracht. Dann wäre er zu einem Flüstern hinabgesunken, wie er es nun tat: »Herr, gib mir die Gebote, den neuen Bund für dieses Volk.«

Es war noch nicht vorbei. Ihm war immer noch sehr warm, und das Blut strömte immer noch ruckartig durch seinen Körper. Er summte. Dann: »Ich sah, wie sie Gold aus den Eingeweiden der Erde rissen, um es in ihren Museen einzuschließen. Ich sah, wie sie den Menschen ihre goldenen Stühle wegnahmen, die Gott sie gelehrt hatte zu schnitzen, um sie in ihren Museen einzuschließen. Wie viel nahm Napoleon? Wie viel nahmen Drake und Hawkins? Wie misst man Menschen? In Litern, in Pfund, in Vierteln? Wie viel, um welche Menge Tee zu süßen? Wie viel, um ein Geschmeide für den Hals meiner Dame zu machen? Napoleon sprach zu George: ›Sehen Sie die Steine in diesem Halsband?‹ Und George erwiderte: ›Sehen Sie die Juwelen in meiner Krone?‹ Menschen zu einer Kette aufgereiht.« Und der Reverend schüttelte seinen Kopf. »Trennten die Menschen von sich selbst, trennten den Menschen von seiner Arbeit. Sollten sich darauf vorbereiten, ihren Gott zu treffen, anstatt Ketten für alternde Königinnen aufzuziehen. Seelendiebe!« Der Ausbruch erschöpfte ihn. »Viel zu viel Zorn steckt in mir«, sagte er. »Ich muss damit fertig werden, bevor ich bereit sein kann.« Er ging im Zimmer umher und massierte seinen Hals und seine Schultern, um sich zu beruhigen, um seine Seele friedvoll wieder mit seinen Körper zu verbinden, doch Maydene Brassington brachte seine Wut wieder zum Ausbruch. »Schon wieder unterwegs zu einem ihrer gesetzten, anmaßenden, kleinen Spaziergänge nach Grove Town.« Er hatte ihr Ziel richtig erraten, und es lag eine gewisser Vorwand in ihrem Tun. Er fragte sich, was vor sich ging.

Es gab vorgeschobene Gründe. Maydene sagte sich, sie brauche etwas Luft und, da sie ein bisschen herumspazieren wollte, warum nicht einfach bis nach Grove Town laufen und, da es Freitagmittag war, warum nicht bis ins Dorf gehen und Ella mit zurückbringen. Sie wäre ein bisschen früh dran. Und weil sie ein bisschen früh dran wäre, warum nicht einfach beim Lehrerhaus anhalten und bei Amy Holness nach dem Rechten sehen. In Wahrheit hatten die Neuigkeiten Maydene Brassingtons Küche erreicht. Die Köchin hatte nicht viel Gelegenheit, herumzukommen, daher war der Kutscher gekommen und hatte ihr erzählt: »Ole African hat gesagt, ›eine Hälfte wurde noch nie erzählt‹, hast du das gehört, Cookie, das is 'ne Sache, was?« Wenn sie nachgefragt hätte, dann hätte sie eine geschönte Version zu hören bekommen. Maydene wollte direkt vor Ort sein, um die Dinge mit ihren eigenen Sinnen zu fühlen und zu sehen, und darum war sie auf dem Weg nach Grove Town. Der Geist befahl Reverend Simpson, seine Lenden zu gürten, seinen Hut aufzusetzen, auf sein Ross zu springen, durch die Abkürzung zu reiten und vor ihr dorthin zu kommen. Sein Telefon funktionierte gut, denn er war gerade dabei, die Straße zu verlassen, um den kürzeren Weg zu nehmen, als er einen Jungen auf sich zulaufen und ihm zuwinken sah. Mass Levi hatte ihn mit einer Nachricht geschickt.

Darin hieß es, er glaube ein Diakontreffen sei notwendig, sobald als möglich. Er könne jetzt nicht mehr sagen, meinte er, nur ihn wissen lassen, dass seltsame Dinge geschahen, die, so glaube er, ein Gebetstreffen notwendig machten, und zwar ein großes. Der Überbringer ergänzte eine sehr wichtige Tatsache aus eigenen Stücken: Ole African war gekommen.

Während er und Betty sich auf ihren Weg über den Berg machten, durch den Busch, hinunter durch den dicken schlüpfrigen Schlamm, dabei das hohe, messerscharfe Gras und die Roseapple-Zweige beiseite schoben, erinnerte sich Reverend Simpson an eine Zeit vor sechshundert Jahren.

Ich hatte es versucht. Wir versuchten es wirklich. Ich hatte zu Willie gesagt:

»Willie, dir geht's wirklich mächtig gut, prächtig gut. Und es ist wahr, war wahr und ist immer noch wahr. Du kannst diese Trommeln wirklich gut schlagen. Das weißt du, Perce.«

»Verdammt, wenn ich's nicht weiß«, hatte Perce geantwortet.

»Perce, mein Perce«, hatte ich gesagt. Hatte schon immer eine Schwäche für ihn. Schwach, schwach, schwach. Nannte ihn schon immer ›Perce‹. Nehm an, es war die Art, wie er seine Lippen beim Spielen spitzte. Ja ›pursed‹, deshalb Perce.

»Perce«, hatte ich gesagt. »Du weißt, dass niemand sonst das kann, was du mit einer Trompete machst, mein Mann. Und wir wissen das auch. Und da bin ich«, hatte ich gesagt,

»schlag die ganze Zeit über meine Zimbeln im richtigen Takt, und das ist gut und das wissen wir auch. Und ich habe eine Stimme. Wir sollten zusammen Musik machen.«

Er erinnerte sich an eine Zeit vor fünfhundert Jahren.

»Perce«, hatte ich gesagt, »keiner kennt die Sterne besser als du.«

»Yeah, yeah, yeah«, hatte er geantwortet. »Und Dan, keiner folgt der Spur besser als du.«

»Yeah, yeah, yeah«, hatte ich gesagt. »Und Willie ist unser wichtigster Mann mit der Nase am Boden. Graben, ständig am Graben. Graben. Keiner kennt die Geheimnisse der Erde besser als er.«

»Yeah, yeah, yeah«, hatte er geantwortet.

Er erinnerte sich an eine Zeit vor vierhundert Jahren.

Ja. Willie schüttelte mich, weckte mich auf.

»Mann, sie kommen. Diese namenlosen Gespenster. Dan«, hatte er gesagt.

»Keiner fühlt diese Ausstrahlungen besser als du. Sag es, Mann.«

»Perce, die Zeit ist gekommen«, hatte ich gesagt. »Keiner trifft diese Noten besser als du. Krähe, Mann, krähe«, hatte ich gesagt und weckte ihn auf.

»Und wer ist unser bester Geheimdetektiv«, hatte er geantwortet, »niemand anderer, als unser quiekender Willie.«

»Wir werden sie auf ihre schäbigen alten Schiffe zurückschicken«, hatten wir gesagt.

Aber sie waren gekommen.

Und grade erst gestern, so schien es – war's 1760 oder 65? –, hatten wir es wieder gespielt.

Ich hatte gesagt:

»Perce, keiner kennt die Baumgipfel besser als du.«

Und Willie hatte lachend geantwortet:

»Es gibt keinen besseren Höhlenforscher als mich.«

»Gut gesprochen«, hatte ich erwidert, und wir fingen alle an zu lachen, und sie hatten gesagt:

»Dan, du hast die Zähne. Wir werden sie von diesem Ort wegjagen, an den sie uns gebracht haben.«

»Yeah, yeah«, seufzte Pfarrer Simpson. »Und hier sind wir nun. Schöne Spartaner! Auf einen Felsen gespült und unsere Haare trocknend. Mistress Maydene, das muss sich ändern. Sie nehmen den Unterweg, und ich nehm den Oberweg, und ich werde Grove Town vor ihnen erreichen. Diesmal muss ich einfach.« Dank der Abkürzung und des Pferdes erreichte er das Zentrum der Ereignisse vor ihr. Dieses Mal.

In den Tagen vor dem Steinewerfen pflegte Euphemia eine lange Holzlatte vor die Tür zu legen über zwei hölzerne Haken, die neben der Tür an die Wand genagelt waren. Sie wies das Kind an, es genauso zu machen, und das machte sie auch immer so. Das sollte sie vor Eindringlingen schützen. Doch seit dem Steinewerfen war es damit vorbei. Sie konnte sich nicht mehr damit aufhalten. Machte gar keinen Sinn. Diese Steine konnten jede Tür öffnen und hereinfallen. Und was machte es für einen Sinn, wenn dadurch das schwere Holzstück von den Haken flog und das arme Kind erschreckte, nachdem es endlich eingeschlafen war. Das machte keine Unze Sinn! Also schloss sie einfach die Tür, und selbst die Hand eines kleinen Babys hätte sie aufschieben können.

Euphemia selbst war weit weg, in einer anderen Welt. An diesem Ort des Halbschlafs, wo sich Fragen von allein auf eine Tafel schrieben, während man dabei zusah. »Wem hab ich nur was Böses getan? Hab 'n paar von Puncies Kunden ausgespannt. Aber was soll's? Das gehört zum Geschäft. Wenn man seine Kunden nicht gut bedient, dann gehn die doch zu jemand anderem. Und jemand anderer, das bin halt zufällig ich. Puncie ist sauer. Ich wär auch sauer. Aber deswegen geht die doch nicht zu 'nem *Obeahman*? Nein.« Und sie kicherte: »Woodcock sitzt jetzt bestimmt immer noch hinter der Gemeindekirche und wartet. Doch das ist nichts, weswegen man jemand 'nem *Obeah*-Zauber anhängt. Nur 'ne Sache zwischen Mann und Frau.« Und sie überlegte weiter: »Schau nur, wie Wilberforce weggelaufen ist, bevor das Baby zur Welt kam. Und keine Nachricht. Hat wohl gemeint, ich könnt nicht lesen. Dann war seine Mutter gekommen, hat nachgeschaut, ob's seines wär.« Jetzt seufzte sie. Nur ein bisschen, noch gewürgt von dem schalen Schmerz, mit dem Anita zur Welt gekommen war. »Ich sollt sauer sein«, fuhr sie fort. »Taylor wird jetzt 'ne große Hochzeit machen. Sich neben Mary groß rausputzen. Wer soll sich da schämen? Ich doch nicht. Warum schicken mir die Leute dann 'nen Geist, der mir Steine aufs Haus wirft?«

Euphemia war gerade der Gedanke gekommen, dass es vielleicht nicht sie war, sondern ihre Tochter, hinter der sie her waren, und dass sie doch mit ihr zusammen nachsehen sollte, als die Tür aufflog und sie den Schrei des Kindes hörte. Sie, Euphemia, hatte neben ihr gelegen, das Gesicht der Tür zugewandt, daher hätte sie eigentlich das Ding zuerst sehen sollen, doch in Gedanken war sie weit weg gewesen. Sie hörte nur, wie eine Stimme sagte »Yeah« und wie das Kind neben ihr schrie, und sie hörte die Stimme weiter sagen: »Die eine Hälfte wurde nie erzählt.« Und erst später dämmerte ihr, was sie da sah, und sie bemerkte, dass die grünliche frühe Morgendämmerung von der Farbe junger gekochter Brotfrucht durch die Tür drang, die jetzt weit offen stand, und dass eine Vogelscheuche von oben bis unten im Türrahmen hing, die Arme so ausgestreckt, als sei sie ein roh zusammengehauenes Kreuz. Und die Steine begannen zu fallen wie nie zuvor. Doch keiner davon kam ins Haus. Alle landeten auf der Vogelscheuche. Ihr Blut tröpfelte jetzt auf die Stufen. Dann plötzlich verschwand sie, und die Steine hörten auf zu fallen. Euphemia hätte nicht geglaubt, dass dies geschehen war, hätte sie nicht echtes Blut auf den Stufen gesehen. Ole African hatte sie leibhaftig besucht, so sagten diejenigen, die Bescheid wussten, oder glaubten, sie wüssten Bescheid. Doch außer dem Blut war das einzige reale Anzeichen für die Anwesenheit eines Sterblichen, das Euphemia vorzeigen konnte, der halb geöffnete Deckeltopf in ihrer Küche, auf den niemand Anspruch erhob.

Das war alles, was Dan von seinem alten Freund Willie sehen konnte, als er kam. Ein bisschen Blut und Gerede über einen Deckeltopf. »Ja«, sagte er ihnen, »Ole African war da gewesen, und der Geist war weg und ja, wenn er sagte, ›die eine Hälfte wurde nie erzählt‹, bedeutete dies wahrscheinlich, dass sich noch andere Dinge ereignen würden.« Und nein, der Deckeltopf in der Küche bedeutete nicht, dass der Geist in die Küche gejagt worden war. »Seht euch doch das Blut an«, sagte er zu ihnen. »Seht mal, wie viel er verloren hat. Der Mann ist hungrig und müde. Gib etwas zum Essen in den Topf, Euphemia. Eine klare Sache.« Doch Reverend Simpson wusste, dass dies keine klare Sache war. Er sagte Euphemia, dass das Haus nun sicher sei, dass ihr Geschäft in Ordnung sei und dass sie so weitermachen könne wie zuvor. Sie habe nichts zu fürchten. »Die junge Teenager-Dame könnte einen Wechsel gebrauchen«, fügte er hinzu, als sei es ein nachträglicher Gedanke. »Ich werde mit Mrs. Holness sprechen.«

7

Wäre Selwyn Langley im 18. oder 19. Jahrhundert als Kind einer Familie der Oberschicht in Großbritannien geboren worden, hätte er als schwarzes Schaf gegolten. Er wäre nach Jamaika geschickt worden, hätte dort Ella O'Grady getroffen und sie aus seinem Inventar als Haushälterin ausgewählt. Er hätte ihr zwei Kinder gemacht, ein Vermögen gescheffelt, und dann wäre er nach England zurückgekehrt – ein gewöhnliches Schaf, bereit für seinen rechtmäßigen Platz in der dortigen Herde –, sie wäre mit einer kleinen Entschädigung zurückgelassen worden und mit ihren Kindern, hätte sehen müssen, wie sie damit zurechtkam, und als Dreingabe bekäme sie die einträgliche Hautfarbe der Kinder. Doch dieser Kerl war Amerikaner und keiner aus der Oberschicht. Er war der Spross einer alten Familie – alt für Amerika – von Apothekern, Kräutermedizinherstellern und, in heutiger Zeit, Ärzten und reisenden Medizindozenten. So war's auf beiden Seiten der Familie, daher war ein nicht unerkleckliches Reich aufgebaut worden, das Selwyn erben sollte. Es war jedoch so, dass er keinerlei Interesse daran hatte, Kräuter zu köcheln und abzumessen oder Brustkörbe abzuklopfen, und, obwohl er ein charmanter Bursche war, der alles Mögliche verkaufen konnte, fiel Kräutermedizin nicht darunter. Die Frage »Was sollen wir nur mit ihm anfangen?«, die unvermeidlich aufkam, wenn er mal wieder bei den Familientreffen alle dazu gebracht hatte, sich über seine Witze krumm zu lachen, war eine berechtigte Frage, die Elsinor und Daisy mit Vorliebe so formulierten: »Was sollen wir nur machen?« Denn er war ihr Erbe, und darüber hinaus war es Elsinor, die Medizinherstellung, Arztbehandlungen und die Veröffentlichung medizinischer Literatur in einem Gebäude, Langley-Komplex genannt, vereinigt hatte, von wo aus die Langley-Heilmethode und die Langley-Heilkuren in der ganzen Welt verbreitet wurden. Sich vorzustellen, das Kind irgendeines Bruders wäre der Herrscher des Ganzen, fiel schwer.

Selwyn war der größte Zotenreißer der Welt. Dazu war er auch noch freundlich. Er blieb nicht in der Gegend, um seine Eltern nicht durch seinen untätigen Anblick zu verärgern. Er zog auf eigenen Wunsch mit einer Theatertruppe aus Baltimore los. Kinofilme waren das angesagte Thema, und auch Selwyn sprach vage darüber, sodass diejenigen, die Wert auf Blutverwandtschaft legten, sich selbst und anderen vormachen konnten, dass der Langley-Erbe die Familieninteressen auf diesen neuen Geschäftsbereich ausweiten würde. »Meine Liebe, er ist vielleicht komisch! Seine Zeit wird kommen!« Bis seine Zeit kam, beschäftigte sich Selwyn mit einer einzigen Produktion: der Erschaffung von Ella O'Grady. Ella war mit Mrs. Burns herübergekommen. Auf dieselbe geistesabwesende Weise, wie sie hinter Mrs. Brassington hergetrottet war, sich dessen völlig unbewusst, dass es Orte gab, wo die englische Pfarrersfrau sich aufhalten konnte und sie nicht, war Ella hinter Mrs. Burns her, am Einreisebeamten vorbeigetrottet, ohne einen einzigen Blick, und war als Weiße in die Vereinigten Staaten von Amerika eingereist. Erst Selwyn hatte ihr in einfachen Worten erklärt, dass sie eine Farbige war, eine Mulattin, und was das bedeutete, hatte ihre Unschuld zusammen mit ihrem Jungfernhäutchen genommen im Austausch für

72

eine Führung durch den verwirrenden Jahrmarkt, den Amerika darstellte. Ella wurde abhängig, und die Droge gefiel ihr.

Da war das Pudern, das Zupfen der Augenbrauen, das Glätten der Haare, alles von einem liebevollen Ehemann ausgeführt, und nur für den Fall, es ergebe sich die seltene Gelegenheit, dass sie einen ärmellosen Badeanzug tragen müsste, brachte er ihr bei, sich die Achseln zu rasieren. Und das machte Spaß, denn sie rasierten sich gemeinsam. Der Schöpfer liebte seine Kreatur. Er konnte vielleicht keine prophylaktische Medizin herstellen, dachte sich Selwyn, doch er konnte eine Geschichte zum Leben bringen. Ella spielte gut. Sie hatte lebenslange Übung darin, und ihre kleine Ich-bin's-doch-nur-Methodistenseele sagte ihr, dabei geschehe nichts Schlimmes. Es war doch nur eine winzig kleine Lüge: Ihre Eltern kamen aus Irland, waren einer subtropischen Krankheit erlegen, und sie war danach bei einem Methodistenpriester und seiner Frau untergebracht worden. Die Wahrheit konnte gar nicht herauskommen und irgendjemanden in Verlegenheit bringen. Mrs. Burns wusste nicht viel mehr über sie, als dass sie ein Schützling der Brassingtons gewesen war, die ja nun wirklich ein Methodistenpfarrer und seine Frau waren. Und während des ganzen Jahrs ihrer Ehe war Ella noch nie gebeten worden, diese Geschichte zu erzählen. Eigentlich war in ganz Amerika niemand außer Selwyn an ihr und ihrer Vergangenheit interessiert. Er liebte die Geschichte ihres Lebens, und so war sie aus diesem Grunde die glücklichste kleine verheiratete Frau auf der ganzen Welt. Und wenn er wollte, dass sie ein rein irisches Mädel war, warum denn nicht? Da war nur eine kleine Sache, die sie nicht einfach so abstreifen konnte.

Keine große Sache, noch nicht . . . Nach einem ganzen Jahr war immer noch keine kleine Ella in Sicht. Das begann ihr Sorgen zu machen, aber nur grade so.

*

»May, die bist ja eine richtige Dorfkokotte. Das liegt wohl an diesen Besuchen in Grove Town.« Und Reverend William Brassington klatschte seiner Frau Maydene aufs Hinterteil.

In vorgetäuschter Überraschung kreischte sie: »William, du bist mir aber auch ein Kerl geworden. Das liegt wohl an diesen Besuchen in Grove Town. Jemand hat dir Sachen beigebracht«, und sie zog ihn am Ohr herum.

»Wer ist sie denn?«

»Miss Gatha«, erwiderte er. Und sie brachen in Lachen aus, als seien sie zwanzig Jahre jünger.

Reverend William Brassington hatte gerade seine Frau Maydene geliebt, schon den zweiten Werktag in Folge. Seit sie mit diesen Leuten in Verbindung stand, gab es diese Änderungen. Selbst in den ungestümen frühen Tagen ihrer Ehe hatten sie sich auf die Sonntagsnächte beschränkt. Er hatte den härtesten Tag der Gottesarbeit zu Ende gebracht und brauchte die Abwechslung und Erneuerung. Doch in den letzten drei Jahren hatte sich einiges verändert. Zunächst waren es nur die Mittwochsnächte, die sich zusätzlich zu den Sonntagen eingeschlichen hatten, doch jetzt hatte er bemerkt, dass der Donnerstag sich ebenfalls dazugesellte. Nicht dass es ihm etwas ausmachte.

»William, Lieber, da gibt es ein Problem«, sprach Maydene. Sie stand über die Waschschüssel gebeugt und kehrte ihm ihren Rücken zu, ihre Stimme klang gedämpft wegen des Tuchs, mit dem sie ihr Gesicht abtrocknete. William erstarrte mitten im Anziehen, beugte langsam seine Knie, setzte sich aufs Bett und ließ seine Hosenträger hängen. Er wartete auf etwas Konkretes. »Ja May, ich weiß. Dieser Tage fühle ich alles, was dich bedrückt.« Und die Muskeln in seinem Gesicht zuckten. »Dein geistliches Amt ist so schwer.« Der Sarkasmus war schon längst aus solchen Bemerkungen gewichen. Er hatte nun gelernt zu akzeptieren, dass auch ihre Arbeit geistlicher Art war.

»Diesmal ist es unsere Sache, William. Ganz nah an uns dran. Ich weiß das.« Sein Zucken wurde schlimmer. Er erkannte das Ausmaß des Problems, und ohne, dass sie es ihm sagen musste, wusste er, dass es das Schlimmste war. Nicht die Jungs. Damit kam er zurecht. Es war Ella. Was ihr geschah, war seine Schuld. Er hatte veranlasst, dass sie von der Familie fortkam, weg aus Grove Town, aus Morant Bay und aus Jamaika und nach Baltimore, USA.

»Ella«, sagte er. Und sie nickte. Maydene starrte durch die Milchglasscheibe des Schlafzimmerfensters, als könne sie dahinter eine Schrift erkennen.

»Es hat erst begonnen, aber es wird sehr schlimm werden, sehr schlimm«, sagte sie. Da sie den Schauder, der ihren Mann überlief, bemerkte, fügte sie hinzu: »Wir können nichts daran ändern. Es wird vorbeigehen.« Es war bei William immer so gewesen, dass ihn die Furcht verließ, wenn er das Problem erkannte. So geschah es auch jetzt. Das Zucken und der Schauder vergingen, und er sah ganz klar seine Aufgabe. Er sollte dort sein, wo er helfen konnte, wenn er gebraucht wurde.

»Ich werde da sein«, sagte er und dachte dabei, dass er gar keine Wahl hatte. Er hatte sie doch in diese fremde Umgebung geschickt. Und überhaupt, wo sonst sollte er auch hin? Hier war sein Zuhause. Oder etwa nicht?

*

Keine glänzenden grünen Bananenstauden, die mit den Füßen flach im Boden steckten, keine braunstämmigen, aufrecht stehenden Windmühlen. Keine blaue Lagune. Keine Regentropfen, die fett und dick durch das Blechdach schlugen. Keine schwarzen Menschen. Hier gab es feine Nadelbäume mit Blättern so zierlich, dass sie diese nicht von dem grünen Rund, das ihre Köpfe bildete, unterscheiden konnte. Und hier gab es ständig eine Wolke, manchmal wie frischer Rauch, manchmal wie ein frühmorgendlicher Nebel in Grove Town. Es war alles ziemlich vertraut. Sie hatten ihr das nicht in der Schule beigebracht, aber sie hatte von Großbritannien und Norwegen gehört und war mit ihren Kinderbuchhelden durch alle Klimazonen gereist. Baltimore war nichts Neues für sie.

Mrs. Johnny Burns war die Schwester des Managers von Jamaikas einzigem Hotel an der Nordküste. Natürlich lebte sie, wo immer das war, im feinen Stadtviertel, und natürlich sahen die Menschen in ihrer Welt so aus wie sie. Dort, wo sie in Baltimore lebte, gab es keine Männer wie Reverend Simpson, schwarz und mit einem Mund, der sich übers ganze Gesicht zog, wie bei einer Bulldogge, und der genauso ernst dreinblickte; keinen Ole African mit seinem Schreckenshaar; keinen Mass Levi mit schwarzen Handflächen, Fingernägeln, Zahnfleisch; und noch nicht mal eine Mammy Mary, mit Haut so dunkelcremefarben wie Süßkartoffeln. Hier gab es nur erwachsene Ausgaben von Peter

Pan, der Dairy Maid und Lucy Gray und viele ihrer Verwandten, die sich nicht jeden Tag sehen ließen, sondern nur ab und zu, wenn sie mit ihren Schirmen und Übermänteln zu einer Verabredung durch die großen Eichentüren hereinschwebten. Das war die Art von Leben – hellhäutige, schwebende Menschen –, das Ella aus all den Jahren ihrer tagträumerischen Existenz kannte.

Diese Reise nach Baltimore war die erste, die Ella nicht nur in ihren Träumen unternahm. Der Winter hätte ihren Körper und den Verstand, den er beherbergte, womöglich durch einen Schock den Unterschied zwischen Realität und Phantasie erkennen lassen können, immerhin war er seit ihrer Geburt an achtzig Grad Fahrenheit akklimatisiert, und nun wurde von ihm verlangt, in dreißig Grad Fahrenheit und darunter zu überleben, doch die Johnny Burns waren steinreich und hatten eine Vorrichtung, die sich Zentralheizung nannte. Ella war Mrs. Burns' kleines Hätschelbaby und wurde von ihr warm herausgeputzt. So verspürte sie nur höchst selten das flüchtige Gefühl, etwas verloren zu haben – das gelbe Feuer der Sonne in St. Thomas, Jamaika.

Ella, in verschiedene Modelle aus Tierfellen gekleidet, ging zu allen möglichen Treffen der feinen Gesellschaft, zu diesem Vortrag und jenem, kümmerte sich still um Mrs. Burns. Eine schweigsame Alice, die der Herzogin aufwartete. So still. Eine wunderbar gestaltete Skulptur, die auf jemand wartete, der ihr Leben verlieh. Das war es, was Selwyn Langley sah. Mit dieser Vision vor sich erkannte er endlich, dass im Kino seine Zukunft lag. Er schaute Ella lange an und lächelte: Hier war seine Zukunft, nach all diesem Versteckspielen! Ella sah jemanden wie Peter Pan, der sie anlächelte, und merkte, dass ihr dabei besonders warm wurde. Die Temperatur in Baltimore stieg für die beiden um mehrere Grade. Ella war so heiß, sie stand kurz vorm Schmelzpunkt.

Als die grünen Nadeln grau wurden und der Schnee anfing zu fallen, wurde Selwyn klar, dass er sehen wollte, wie Ellas Augen sich vor Wonne öffneten, bei dem Gefühl der Schneeflocken auf ihrem Körper; dass er ihr dabei zusehen wollte, wie sie ihrerseits durch sein Glasfenster dabei zusah, wie diese Flocken fielen; dass er in diesem Zimmer allein mit ihr sein wollte, ein Feuer anstecken wollte und wünschte, dass sie ihn mit sich nahm in einen tropischen Dezember, ihm den Dschungel dort zeigte und ihm seine seltsamen Geschichten verriet. Selwyn hatte schon manche Nuss geknackt, aber er konnte Mrs. Burns nicht dazu bringen, nachzugeben. Nein. Er konnte ihr die Vormundschaft nicht streitig machen. Er konnte diese Hexe nicht dazu bringen, auch nur eine halbe Stunde auf ihre Puppe zu verzichten. Also versuchte Selwyn überall dort zu sein, wo Mrs. Burns war, ihr die Türen zu öffnen, ihr die Stühle zurechtzurücken, selbst so witzig zu sein, wie es nur ging. Aber nein. Er konnte nicht durchsetzen, dass Ella mit ihm in den Dreihunderter kam. Mrs. Burns begann Spaß an der Jagd zu finden. Er konnte hereinkommen. Aber nein. Er konnte Ella nicht alleine treffen. Doch seine Karriere hing nun völlig davon ab, dass er dieser Puppe Leben verleihen konnte. Was war mit einer Heirat? Dem konnte sie nicht ihre Zustimmung geben. Ella hatte einen Vater. Mit dem sollte er sich in Verbindung setzen. Dann wurde die Nuss aktiv. Ella bewerkstelligte für ein paar Stunden ihre Flucht in sein Zimmer.

Ella war noch nicht geküsst worden, doch der anständige junge Mann brachte sie zurück zu Mrs. Burns, erklärte, wo sie gewesen waren, und bestätigte ihr schüchtern, dass er, wie zuvor, immer noch zur Eheschließung bereit war. Sie ließ nun das junge Paar wissen, dass sie sehr verärgert war: Sie hatten sie entehrt. Was sollte sie Reverend Brassington erzählen? Sie konnten nicht mehr erwarten als ein Hochzeitsfrühstück. Mrs. Burns genoss das Drama. Besser als all die Theaterstücke, zu denen sie sich hingeschleppt hatte, und hier war sie auch noch Schauspielerin und Regisseurin in einem. Im Übrigen war der junge Mann ganz witzig, schien für das Mädchen was übrig zu haben und war anständig; außerdem musste das Mädchen ja mal heiraten, und ein Tournee-Schauspieler war meistens tolerant. Sie hatte es gut getroffen. Ella wurde älter – war beinahe achtzehn. Was gab es schon Besseres für sie? Das war es, was Mrs. Burns Reverend Brassington in einem Schreiben mitteilte. Sie wusste nicht mehr über den Hintergrund des Burschen, sagte sie ihm, als was der junge Mann ihr gesagt hatte: Sein Vater war ein Apotheker irgendwo im mittleren Westen, aber er wollte nicht in diesem Metier arbeiten und war in den Osten gekommen, um etwas aus sich zu machen auf eine Weise, die seinen Talenten entsprach. Mrs. Burns versprach, dass sie für den Reverend das Paar im Auge behalten wollte. Ellas Wachstumsschmerzen begannen.

8

Fünf Jahre zuvor, nach Maydene Brassington erstem Besuch bei Amy Holness, hatte Mary Riley deren Nachricht erhalten und war zum Haus des Lehrers gekommen. Später war sie auch nach Morant Bay zum methodistischen Pfarrhaus gelaufen, und als sie nach Hause gekommen war, wollte sie über das, was die Damen ihr gesagt hatten, nachdenken. Nein. Sie hatte überhaupt nichts dagegen. Sie hatte nichts dagegen, Ella mit jemandem zu teilen. Denn das hatte die Dame gesagt. Die Frau des Pfarrers. Das heißt von Pfarrer Brassington. Die Dame hatte gesagt, dass ein Kind zwei Eltern haben sollte. Zwei Menschen sollten sich die Verantwortung teilen, und da das Kind keinen Vater hatte, wollten sie und der Pfarrer als Vater fungieren, so in der Art von Pateneltern. Sie hatte gesagt, dass sie, Mary, die Verantwortung all die Jahre über ganz allein getragen und nun eine kleine Pause verdient habe. Und in ein paar Jahren, wenn Ella aus dem Schulalter war, würden sie und der Pfarrer die Verantwortung völlig übernehmen und sich darum kümmern, dass sie eine anständige Ausbildung erhalte. Doch im Augenblick ginge es nur ums Teilen. Ella würde bei Mary bleiben und weiterhin zur Grove-Town-Schule gehen, doch an den Freitagabenden sollte sie nach Morant Bay ins Missionshaus kommen und dort bis Sonntagabend bleiben. Um Kleidung sollte sie sich keine Sorgen machen. Sie würde sich um die Kleider kümmern, die Ella tragen würde, wenn sie in ihrem Haus war. Das klang richtig gut.

Nein. Mary hatte gar nichts dagegen. Und warum wohl? Um die Wahrheit zu sagen, war sie langsam etwas beunruhigt. Ihre Sorgen begannen, als Ella anfing, ihre Tage zu sehen. Alles Mögliche konnte ihr geschehen, und da sie, Mary, während der Wochenenden unten an der Werft war und manchmal unter der Woche auf dem Feld, war niemand da, um das Kind zu beschützen. Die Kinder aus der Gegend riefen ihr immer noch die unmöglichsten Schimpfwörter nach. Sie wusste, es bedeutete, dass sie wegen Ella neugierig waren. Sie befürchtete, dass eines Tages ein kleiner Junge von seiner Neugier übermannt werden könnte, und bald darauf würde Ella nach Hause kommen mit vom Leib gerissenen Kleidern und etwas in ihrem Bauch drinnen. Jetzt war es noch schlimmer, wo ihre Brüste sich entwickelten und bald einen Halt benötigten. Und die schlanke kleine Ella wurde auch an den Hüften breiter. War wohl das Blut ihres Vaters, denn ihre Leute waren schlank, schlank, schlank. Taylor hatte sie geneckt und gesagt: »Die alle, die sie bisher ausgelacht haben, die wollen sie bald anfassen, denn Sehen ist Glauben, aber Anfassen ist die nackte Tatsache.« Und den letzten Teil pflegte er zu singen. Taylor war eben so, immer bereit für'n Witz. Doch das waren wahre Worte. Wahre Worte.

Und dann war da Taylor. Schon lange war er jetzt in der Gegend. Trieb sich herum. Vier, fünf Kinder bis jetzt, und mit keiner der Mütter lebte er zusammen. Erzählte ihr, es sei ihre Schuld. Er wolle zur Ruhe kommen und ein anständiger Mann werden. Schon längst über dreißig, ein Jahr noch bis zum vierzigsten. Das Geschäft mit der Schmiede wollte er auf eine solide Grundlage stellen, wollte einer Kirche beitreten und am Sonntagmorgen auftreten wie ein großer Mann, wollte alle seine Kinder zusammenholen. »Siehst du, Mass Levi, das ist ein großer Mann. Alles unter einem Dach. Niemand kann seinen Namen in den Schmutz ziehen. Muss sich vor keinem verstecken. Wenn jemand was von ihm will, dann muss er zu ihm kommen. So soll ein Mann leben! Und das ist so, weil er Miss Iris hat, die in allem mit ihm zusammenarbeitet. Ein Finger allein kann keine Nisse zerdrücken.« Sie war die Frau, die ihm helfen sollte, sein Leben in Ordnung zu bringen. Er hatte ihr das schon immer gesagt. Wenn sie schon länger mit ihm zusammen gewesen wäre, dann hätte er nicht solche Patchwork-Kinder – eines hier, noch andere sonst wo. Schon dreizehn Jahre ging das so.

Schon zu der Zeit, als sie mit dem dicken Bauch aus Morant Bay zurückgekommen war und er bemerkt hatte, dass niemand vorbeikam, der einen Anspruch darauf erhob, war er bei ihr vorbeigekommen und hatte auf hochanständige Weise angeboten, die Verantwortung zu übernehmen. Zu der Zeit musste er an die fünfundzwanzig gewesen sein. Kam an, in seinem ordentlichen Drillichanzug, das Hemd bis zum Hals hinauf zugeknöpft. Und mit Schuhen. War wie für'n Sonntag angezogen, an diesem Freitagabend. Hielt sich nicht mit dem Vorwand auf, er sei zufällig vorbeigekommen. War gleich zur Sache gekommen. Er hatte sie seit langer Zeit ins Auge gefasst. Seitdem sie'n junges Mädchen in der Schule war. Und gerade als er dachte, es sei so weit, ihr die gewisse Frage zu stellen, ging sie weg, nach Morant Bay. Es war noch nicht zu spät. Er hatte sie immer noch im Blick, und er hatte nicht bemerkt, dass jemand sich sehen ließ, würde sie ihn also diese Rolle spielen lassen. Sie hatte geweint, und er hatte sie in den Arm genommen.

Taylor war eine Reihe von Jahren älter als sie. Musste beim sechsten Buch gewesen sein, beinahe fertig mit der Schule, als sie beim dritten Buch gewesen war, oder sogar noch weiter drunter. Ihre erste und einzige Prügelei fiel ihr ein – eigentlich nur beinahe eine Prügelei. Die Größeren hatten eine Vorstellung gewünscht und hatten sie und eine andere Kleine geschubst – »Kann mich gar nicht mehr dran erinnern, wer's war« –, aufeinander losgeschubst, in der Hoffnung, dass eine die andere wegstoßen und dass dann eine Prügelei losgehen werde. Die andere wurde langsam warm, war bereit loszulegen, als Taylor von seiner riesigen Höhe herab, so schien es damals, nur den Spruch »Lasst die Kleinen doch in Ruh« von sich gab, und sie war gerettet. Und immer wenn ein Sturm loszubrechen drohte, schaute sie um sich und wusste, er war da. Doch sie wusste nicht, dass er auf diese Art an sie dachte. Er war beliebt, immer gefragt, er konnte die Geige spielen und die Querpfeife, und sie hatten seinen Namen mit Delaceita in Verbindung gebracht, einer begabten Tänzerin. Er war gekommen. Und er hatte ihr eine sehr vernünftige Überlegung vorgetragen. »Du kommst allein nicht zurecht. Du siehst doch, dass Miss Kate sich noch nicht einmal selbst helfen kann?« Sie hatte geweint und geweint, doch sie hatte den Kopf geschüttelt. Nein. Und sie hatte es ihm gesagt: Sie würde ihm nicht das Kind eines weißen Mannes anhängen. Er würde zur Zielscheibe des Spotts werden. Sie wollte ihre Schande selbst tragen. So würde es schneller vorbeigehen. Davon ließ sie sich nicht abbringen.

Er war immer wieder vorbeigekommen. Manchmal brachte er ein kleines Päckchen Leber mit, wenn es ein Freitagabend war: »Schnell, brat das für mich, May« – er nannte sie immer May, obwohl er genau wusste, dass sie Mary hieß. Sagte, er wollte sie selbst taufen. Manchmal waren's ein paar *Plantains*, und Mary versuchte gar nicht erst zu widersprechen, denn sie wusste, dass Taylor wusste, dass bei ihr alles sehr knapp war und dass er gekommen war, um ihr zu helfen, und sie würde seine Güte, auf die sie angewiesen war, nicht beleidigen, indem sie ablehnte. Als sie sich dazu entschloss, ein kleines Haus auf dem Grundstück ihrer Mutter zu bauen, war Taylor da, um ihr bei der Arbeit zu helfen. Es schien, als ob er die anderen Frauen, mit denen er zu der Zeit sein Bett teilte, wissen ließ, dass sie nicht zwischen ihn und sie kommen könnten, denn keine versuchte je, einen Streit mit ihr anzufangen, und doch wusste sie, dass Taylor mit vielen Frauen zusammen war. Noch viele Male schlug er ihr vor, bei ihr einzuziehen und dass sie Mann und Frau werden sollten. Ihre Antwort war immer: »Nein. Taylor, du willst doch wohl kein Band mit einer seltsamen Frau knüpfen und ihrer seltsamen Tochter.« Er hatte immer darüber gelacht, war zu irgendeiner Frau losgezogen und kam immer wieder zurück, beschwerte sich manchmal über eine Frau, lachte manchmal drüber, wie er zwei von ihnen voneinander trennen musste und solche Sachen.

Das letzte Mal war es jedoch anders gewesen. Wie beim ersten Mal war er dieses Mal gekommen, stand da und hielt den Hut in der Hand. Er hatte sie Miss Mary Riley genannt und gesagt, Newton James wolle mit ihr reden. »Wie du weißt, ist mein Vater ein Schneider (deshalb nennen mich die Leute Taylor). Hat nicht mit meiner Mutter zusammengelebt, wie dein Vater und deine Mutter, aber meine Großmutter hat mich ordentlich erzogen, und mein

Vater hatte genug, um mich zur Schule zu schicken und ein Handwerk lernen zu lassen. Ich bin von Beruf Sattler und Schmied, und ich kann mit Leichtigkeit mich und dich und was du in dir trägst ernähren. Ich bitte dich darum, dein Mann sein zu dürfen.« Bei diesem ersten Mal war ihre Mutter im Zimmer nebenan gewesen und konnte alles hören; er hatte mit ihr im Flur gestanden. »Miss Kate weiß schon über alles Bescheid, ich versteck mich also nicht. Doch ich muss mit dir sprechen, bevor ich zu ihr gehe und ihr meinen Antrag stelle.« Und sie hatte ihn abgelehnt. Er hatte eine witzige Grimasse gezogen, und sie hatten gelacht und es dabei belassen. Er war dieses Mal genauso wiedergekommen: »Mein Vater war… Ich bin… Ich bitte dich darum, dein Mann sein zu dürfen…« Er war dieses Mal sehr, sehr ernst. Er fügte hinzu, dass er mit Euphemia zusammen gewesen war. Ja, sie wusste davon. Ihr war schwindelig, doch sie beruhigte sich. Er hatte ihr keine richtige Frage gestellt, doch er war bereit, sich endgültig festzulegen, und wenn es nicht sie, Mary, wäre, dann würde er es mit Euphemia versuchen. Eine Eheschließung durch einen Pfarrer sollte es dieses Mal sein, und wenn es nicht sie wäre, dann gäbe es nicht mehr so viele Besuche, denn er wolle nicht von ihr in die eine und von Euphemia in die andere Richtung gezogen werden. Er wollte von jetzt an in einem Team arbeiten. Sie musste sich jetzt entscheiden, ob sie bei diesem Team dabei sein wollte. Er war sehr ernst dieses Mal. Kein Lachen. Keine Grimasse. Er war mit den Worten gegangen, er wolle Ende des Monats wiederkommen. Jetzt war es Monatsmitte.

Es war die reinste Erlösung, als die Dame wegen Ella nachfragte. Sie selbst konnte Ella nicht das geben, was sie brauchte. Das hatte sie akzeptiert. Bat man Ella darum, ein wenig Milch warm zu machen, hörte man bald ein Fah-Fah und roch, wie die Milch, die an der Seite des Topfes herunterlief, von den Flammen verbrannt wurde. Ella stand direkt daneben in der Küche, und doch hatte sie die Milch überkochen lassen! Nichts war mehr im Topf drinnen. Oder man musste sie nur einfach bitten, zwei *Coco*-Wurzeln zu rösten. Wenn man Ella zurief, sie solle sie zum Tisch bringen, hörte man nichts als eine erdrückende Stille, denn Ella traute sich nicht zu sagen, dass sie die *Cocos* nicht finden konnte. Konnte sie nicht finden? Die *Cocos* hatten sich in rot glühendes Feuer verwandelt. Es stimmte, was die Leute ihr gesagt hatten. Ella war kein Buschmaul-Kind. Die Lady wollte ihr also eine Ausbildung zukommen lassen. Das war gut. Und sie hätte Ella an jedem Tag unter der Woche bei sich noch zwei Jahre lang. Auf jeden Fall aber, gleich welchen Weg Gott auch für sie gewählt hatte, würde es nicht mehr lange dauern, bevor alle möglichen natürlichen Ereignisse sie voneinander trennen würde, und sie würde mutterseelenallein zurückbleiben. Und nach dem, was Taylor gesagt hatte, würde sie ihn ebenfalls verlieren.

Eine Ehe hatte Haken, und für diese bestimmten Dinge war sie nicht so sehr zu haben, doch sie konnte hart arbeiten. Vielleicht könnten sie es schaffen. Sie würden ans Haus anbauen müssen. War ja nur ein Zimmer und ein Flur. Ella konnte das Zimmer so lange haben, bis sie ins Missionshaus zog. Sie würden ein Zimmer für sie beide anbauen müssen. Es würde ihr Haus sein müssen. Sie würde nicht weggehen und nirgendwo hinziehen. Und außerdem war Taylors Geschäft zu nahe bei der Straße, wo jeder reinschaute. Zu schwer für die Leute zu kapieren, dass sich die

Dinge geändert hatten. Sollte er das Geschäft dort behalten, und am Abend konnte er nach Hause kommen. Ja. Das schien in Ordnung zu sein. Und überhaupt, jetzt, wo Ella es zu etwas brachte, war es nur richtig, dass sie eine verheiratete Mutter hatte, und so würde alles gut werden. Es war nur, dass sie Taylor nicht auf diese Weise kannte. Es hatte bisher nur den Mann O'Grady gegeben, und sie hatte das eigentlich überhaupt nicht gemocht. Ich schätze mal, so'n Zeug soll man nicht mögen. Sie musste es aber ausprobieren. Wenn Taylor das nächste Mal kam, wollte sie ihm sagen, sie wolle einen Versuch wagen. O Gott. Heiraten ist teuer, und all die Leute, die einen dabei anstarren. Ob wohl Taylor zuließ, dass sie heimlich in die Stadt gingen und zurückkamen. Nein. Und sie musste lachen. »Ich kenn Taylor. Er wird sein Tanzbein schwingen wollen und große Reden halten.« Das ist noch so 'ne Sache zum sich drangewöhnen. Aber das wär nicht auf der Stelle. Das Haus muss erweitert werden und all das. Geld muss dafür aufgetrieben werden, daher hatte sie eigentlich genug Zeit, um sich an die Idee zu gewöhnen und noch anderes mit Taylor zu bereden. Er hatte gesagt, er wolle »alles unter einem Dach haben«. Sie fragte sich, ob er von ihr erwartete, für alle seine Kinder eine Mutter zu sein. Das musste sie ihn fragen. Das hieße ein größeres Haus, und noch mehr Betten müssten gebaut werden und alle möglichen Sachen. Das Ganze hatte wohl wirklich Haken, echt wahr!

Aber es würde gut gehen. Dann machte sie sich Gedanken wegen Ella, ob sie die richtige Entscheidung für sie getroffen hatte. »Taylor meint, der Mann sei nicht so ganz richtig im Kopf. ›Der Pfarrer liest zu viel Bücher‹, hat er gesagt, ›deshalb kann er den Leuten nicht in die Augen blicken. So ist's einfach. Aber die Frau hat Verstand.«« Es ist Taylor, der sich um ihren Wagen kümmert. Das ist noch so 'ne Sache. Obwohl er hier in der Gegend wohnt, weiß er, was im Missionshaus vor sich geht. Und er und Mr. Smith, der sie fährt, sind beste Freunde, daher wird er Ella im Auge behalten. »Und nichts kann mich davon abhalten, dorthin zu gehen und mein Kind wegzuholen, wenn es nicht gut behandelt wird.« So viele Veränderungen! Sie konnte kaum die zwei Wochen abwarten, bis Taylor kam. »Schätze mal, wenn er hört, dass die Pfarrersfrau mich besucht hat, kommt er her, um rauszufinden, warum.« Doch Mary überlegte es sich anders und entschloss sich, nicht abzuwarten. Sie würde die Revolution in Gang setzen. Wenn sie schon mit Taylor zusammenleben wollte, dann konnte sie ihm schon mal auf halbem Wege entgegenkommen, und so machte sie sich auf zu seinem Geschäft, um ihm zu erzählen, wie die Dinge standen. Und er sagte, es mache Sinn, und so begann Maydene Brassington freitags nach Grove Town zu kommen, um Ella O'Grady abzuholen und sie übers Wochenende in ihr Haus in Morant Bay mitzunehmen.

9

»Eigentlich war es wegen der Sache mit Anita, dass der Pfarrer sich entschloss, mich zu sich zu nehmen und zur Ausbildung nach Port Antonio zu schicken. Dann hat mich Mrs. Shard kennen gelernt, fand mich sehr nett und bat den Pfarrer, mich in ihrem Haus wohnen zu lassen, damit ich meine Ausbildung machen konnte, während ich mich um ihre Kinder kümmerte und zur Schule ging. Dann gingen sie und ihre Kinder weg, zurück nach England, und ich beendete die Schule, und sie fanden, ich sei ausgebildet genug, und sie und der Pfarrer sprachen mit Mrs. Burns, und die meinte, ja, sie könne eine Gesellschafterin gut gebrauchen, und so bin ich hergekommen.«

Wenn sie ihre Geschichten von zu Hause erzählte, fiel Ella immer in gebrochenes Englisch. Das erregte Selwyn.

Sie erzählte ihm von dem Poltergeist: »Ja, ich hab die Steine mit meinen eignen Augen gesehn.« Und seine Augen traten vor.

»Ja, ja, hab sie fallen sehn. Hab sie gehört und einige sogar in die Hand genommen. Kleine Kiesel. Von andern hab ich gehört, sie hätten sogar Felsbrocken auf ein Spukhaus fallen sehn, aber bei dem warn's nur Kieselsteine.« Sie erzählte ihm von dem Blut auf den Stufen, und seine Augen quollen noch weiter hervor.

»Das hast du wirklich gesehen?«

»Hab ich wirklich gesehn: Ich hab aber nicht Ole African gesehn. Aber die Leute haben erzählt, dass er bei der Eingangstür vom Haus stehen geblieben ist, als sei er'n Kreuz.«

Und sie musste das kleinste Bisschen aus ihrem Kopf zusammenkratzen, was sie über Ole African wusste. Von Poltergeistern hatte er schon gehört, aber ein kleines Dorf voll schwarzer Menschen, von denen einer oben in den Bergen wohnte und ihnen an Weisheit haushoch überlegen war, Selwyn hätte sich solches im Leben nicht vorstellen können. Ella erzählte ihm von ihrem eigenen Zusammentreffen mit Ole African.

Es war an einem Freitagabend, bald nachdem Mrs. Brassington angefangen hatte, ins Dorf hinunterzugehen, um Ella zu ihrem Wochenendaufenthalt im Pfarrhaus abzuholen. Genau in dieser Woche war der Poltergeist verschwunden, und Anita war ins Haus des Lehrers gezogen. Was geschah, war, dass Mrs. Brassington bei Mrs. Amy Holness auf einen Besuch vorbeigekommen war und sich zu lange aufgehalten hatte. Es war später als ihre übliche späte Zeit, als sie und Ella über die Weide in der Nähe des Zuckerrohrfelds eilten, da sahen sie die Vogelscheuche hoch in der Luft, die lief wie auf Stangen von Zuckerrohr.

»Mein Gott, das gibt es wirklich?«, fragte Mrs. Brassington laut. Sie hatte von afrikanischen Stelzenläufern gehört, und über Ole African war in ihrer Umgebung in letzter Zeit ständig geredet worden. Hier sah sie ihn mit eigenen Augen.

Ole Africans Kleider waren alt und zerrissen und so schmutzig, dass die Fetzen wie Lederstreifen um seine Taille fielen. Genauso war's mit seinen Haaren, nur waren die Lederstreifen dünner, doch ungefähr von der gleichen Länge wie jene um seine Mitte, die ihm bis zu den Knien reichten.

»Kennst du ihn, Kind?«, hatte Mrs. Brassington Ella gefragt. Kein Kind in Grove Town musste Ole African gesehen haben, um ihn zu kennen. Seit Jahrhunderten schon hatten sie von ihm gehört. Er war der Erzbestrafer. Mrs. Brassington hatte dies womöglich nicht gewusst und womöglich Ella in Wahrheit fragen wollen: »Hast du ihn zuvor gesehen?« Doch Ella kannte die richtige Frage und die richtige Antwort und entschloss sich ganz bewusst, Mrs. Brassington im wörtlichen Sinne zu antworten: »Nein, ich kenne ihn nicht.«

Kalte Schauer liefen ihr über den Körper, als sie die Geschichte wieder erzählte. Das Ereignis damals und jetzt auch die Erinnerung hatten ihr einen heftigen elektrischen Schlag durch den Körper gejagt. Es war ihre Antwort: »Nein, ich kenne ihn nicht«, die sie damals und auch heute noch schockierte, doch Ella hatte diese Wahrheit noch nicht erkannt, und Selwyn konnte ihr nicht helfen. Er sah ihren Schauder und sah dahinter den schrecklichen Anblick von Ole African. Was für ein wunderbares Drama!

Ella erzählte ihm von Mrs. Brassington, wie der Anblick des alten, zerlumpten Mannes, der sich durch die Luft schwang, sie zum Gebet auf die Knie nötigte, direkt dort in der Nacht auf den Boden der Weide. So sehr war sie erschrocken, erzählte sie ihm.

»Sie sagte ›Geh‹, und sie nahm meine Hand, und wir gingen nach Hause, so schnell unsere Füße uns tragen konnten.« Und das war eine weiterer Teil der Geschichte, der Ella ziemlich beunruhigte, während sie davon erzählte. Hätte Mrs. Brassington zu ihr gesprochen, dann hätte sie gesagt: »Lass uns gehen.« Das hatte sie aber nicht getan. Sie hatte gesagt: »Geh.« Nur einmal. Sie hätte mit Ole Afri-

can sprechen können. Doch in dem Fall hätte sie ihn ange-
schrien: »Geh.« Aber sie hatte nicht geschrien. Sie hatte es
sehr leise gesagt. Auf einmal schien ihr, als fehle bei ihrer
Geschichte etwas, doch sie verdrängte den Gedanken und
sprach schnell weiter, um Selwyn ihre Version davon zu erzählen, wie die Sache mit Anita Reverend Brassington den
Entschluss fassen ließ, sich um das Ganze selbst zu kümmern und sie nach Port Antonio fortzuschicken.

In jener Nacht, von der Ella gesprochen hatte, hatte Mrs.
Brassington nach der Zeit gesehen und dann leise zu ihrem
Herrn gesagt: »Versehe uns, gnädiger Herr, mit dem Rüst-
zeug für den geistigen Kampf und lehre uns zu beten.«
Diese Kommunikation schien sich in die Tat zu verwan-
deln, während sie ihr Gesicht verzog, ihre Fäuste ballte
und alle Kraft, die sie finden konnte, aus ihrem Inneren
und aus allem, mit dem sie sonst in Verbindung stand, he-
rauszog. Da sie all ihre Energien dazu brauchte, um ihre
Kräfte zusammenzuziehen und sie anderswohin zu richten,
konnte sie nur noch sagen: »Geh.« Mit diesem Wort erhob
sie sich von den Knien, nahm Ellas Hand und versuchte so
schnell wie möglich nach Hause zu kommen, um Williams
übliche Sorgen darüber, dass sie nachts allein im Busch unterwegs war, zu zerstreuen und um ihm von diesem über-
natürlichen Erlebnis zu erzählen.

Nach Ellas Ansicht war das Durcheinander in Grove
Town mit dem Ende des Steinewerfens noch nicht vorbei,
und das war ganz bestimmt wahr. Die eine Hälfte war tatsächlich noch nicht erzählt worden.

»Der Pfarrer war's, der diesmal mit Mammy Mary
sprach und sie fragte, ob ich die ganz Zeit über im Pfarrhaus bleiben könne. Mit diesem umherwandernden Geist

und diesem Übel in der Gegend und wo niemand wusste, wann das mit den Steinen wieder losging, oder wo, sagte der Pfarrer, dass ich nicht dort unten wohnen sollte, von wo ich nach Einbruch der Dunkelheit mit Mrs. Brassington hochkommen musste. Ich glaube auch, sie hat ihm von Ole African im Zuckerrohrfeld erzählt. Was es auch war . . . , danach wohnte ich ständig im Pfarrhaus. Er wollte noch nicht mal, dass ich dort weiter zur Schule ging, und dann hörte er von dieser höheren Schule in Port Antonio, die mich ausbilden würde, und sie mussten mich jeden Tag mit dem Wagen dorthin schicken. Dann redete Mrs. Shard mit dem Pfarrer, und ich blieb bei ihr und ging dann nur am Wochenende ins Pfarrhaus zurück, und dann begann ich die ganze Schulzeit über bei ihr zu wohnen und ging nur noch für die Ferien nach Hause, und dann blieb ich sogar manchmal die Ferien über bei ihr, und dann war ich mit der Ausbildung fertig, und den Rest kennst du.«

Ella hatte die eine Hälfte nicht erzählt. Sie kannte sie nicht. Zum Beispiel wusste sie nicht, dass der Geist Anita bis ins Lehrerhaus gefolgt war. Das Haus hatte zwei Schlafzimmer. Da die Holness keine Kinder hatten und auch sonst niemand bei ihnen wohnte, hatten sie das unbenutzte Schlafzimmer als Arbeitszimmer für den Lehrer hergerichtet. Darin standen seine Bücher und sein Harmonium. Unter normalen Umständen wäre das die ideale Umgebung für Anita gewesen: Sie könnte lesen, bis ihr die Augen brannten, und die Noten auf dem Harmonium hören, anstatt sie sich nur vorzustellen. Doch gerade jetzt brauchte sie vor allem Schlaf, und überhaupt hatte Reverend Simpson nachdrücklich geraten, sie von jeder Beschäftigung fern zu halten, die sie zu einsamer geistiger Arbeit zwang. Also keine Beschäftigung mit Büchern und Harmonium. Dass das Kind sich nicht absondern, sondern sich in Gesellschaft aufhalten sollte, war Mrs. Holness recht: So konnte sie die Gegenwart einer weiblichen Person genießen, die ihr in der Küche half und mit der sie nähte, sie konnten sich gegenseitig die Haare waschen und flechten und sich all diesen Frauenangelegenheiten widmen, von denen sie annahm, dass Mütter und Töchter sich damit beschäftigten.

Anita ging es tagsüber gut. Sie wusste, dass sie viele der kleinen Arbeiten, die Frauen verrichteten, von Mrs. Holness lernen konnte, und die wollte sie auch lernen, Sachen, die ihre eigene Mutter ihr nicht beibringen konnte, entweder weil sie sich damit nicht auskannte oder nicht dafür eingerichtet war oder einfach nicht die Zeit dafür hatte. Man nehme nur mal das Backen. Miss Phee, wie Anitas Mutter Euphemia kurz genannt wurde, hatte einfach nicht die Zeit, Kartoffeln zu reiben, Kokosnüsse zu reiben, Muskatnüsse zu sammeln und zu reiben und dann alles zu mischen, um einen Kartoffelpudding zu machen. Kartoffeln hatte sie, Kokosnüsse hatte sie auch, und natürlich gab es im Haus Zucker und auch die anderen Zutaten, die man brauchte. Zwar gab es keine Rosinen, doch Miss Amy meinte, die müssten nicht unbedingt sein. Sie hatten einen Dutchie-Topf, in dem man den Pudding hätte backen können. Zwar hatten sie keinen Ofen und keine Kohle zu Hause, mit denen das Backen einfacher war, doch auch hier meinte Miss Amy, es mache keinen großen Unterschied, welche Art von Feuer man benutzte, solange man es schaffte, das Höllenfeuer oben und unten in Gang zu halten und solange das Halleluja in der Mitte blieb – und beide lachten sie darüber, wie sie das gesagt hatte. Holz war auch gut genug, hatte sie gesagt, oder sogar Kokosnussabfälle. Wichtig war, sagte sie, dass man das Feuer an die unterschiedlichen Stadien des Backens anpasste. Für so was hatte Euphemia keine Zeit, daher wurde in ihrem Haus nicht gebacken. Nur gekocht. Außerdem waren da das Häkeln und solche Sachen wie Hohlsaumarbeiten und Bilder in Passepartouts rahmen, die sie Anita beibringen wollte, und die freute sich darauf, diese in Miss Amys Gesellschaft auszuprobieren. Die Tage waren in Ordnung, und es schien, als ob sie in Ordnung bleiben würden.

Es waren die Nächte, die allen Sorgen machten. Jede Nacht, doch nicht die ganze Nacht hindurch. Dafür waren sie dankbar. Nur in den Morgenstunden und an den Abenden ungefähr um acht Uhr. Am ersten Abend hörten der Lehrer und Miss Amy Schluchzen und ein gedämpftes Geräusch wie inständiges Bitten aus Anitas Zimmer. Es ging schnell vorüber, und sie taten es ab als die üblichen Symptome eines müden Kopfes. Es war wieder am Morgen gegen fünf Uhr zu hören. Dieselben Geräusche. Sie sorgten sich nicht zu sehr. Mit Alpträumen kamen sie zurecht. Viel besser als mit Steinewerfen, und sie waren froh, dass ihr das nicht gefolgt war. Erst als das Geräusch regelmäßig jede Nacht um acht Uhr und jeden Morgen um fünf Uhr zu hören war und so laut wurde, dass sie Anitas Worte »Ich will nicht, dass Sie mich anfassen, bitte nicht« klar verstehen konnten, machten sie sich Gedanken. Doch es gab eine Lösung. Im Bett nicht allein zu sein, so wie bei den Aufgaben des Tages, half vielleicht. Und da das Zimmer so klein war und wegen des Harmoniums und der Bücher besonders wenig Platz bot, zog der Lehrer dort ein und überließ Anita seinen Platz im Bett neben Miss Amy.

Doch die Störung von Anitas Ruhe war nicht vorbei. Und es war auch kein Alptraum, außer man glaubte daran, dass ein Alptraum ansteckend sei. Als Miss Amy ebenfalls etwas zu spüren begann, beschlossen die Holness, dass das etwas war, mit dem sie ohne Beratung nicht zurechtkamen, und setzten sich mit Reverend Simpson in Verbindung. Anitas Flehen hatte während der zwei Wochen, bevor die Holness Hilfe suchten, jeden Tag zur gleichen Zeit eingesetzt. Während der ersten Nacht, die sie zusammen verbrachten, hatte Miss Amy in dem Versuch, das Kind zu beruhigen und zu beschützen, ihre Hand ausgestreckt, um es zu umarmen, und hatte geglaubt, einen Körper dazwischen zu fühlen. Sie behielt den Gedanken für sich – bestimmt hatte ihre Fantasie ihr einen Streich gespielt. Sie hatte sich wohl vorgestellt, dass Jacob zwischen ihnen im Bett lag. Doch das Gefühl, ein dritter Körper sei da, war geblieben. Dann, eines Morgens wurde ihre Hand weggeschlagen, als sie diese zu dem Kind ausstreckte, und an einem anderen Morgen wurden ihre Hände an ihren Körper gepresst, sodass sie vor Unbehagen und Angst stöhnte. Sie brachte es nicht fertig, darüber zu sprechen. Wenn sie es bei sich behielt, es nicht aussprach, so folgerte sie, kam es nicht an sie heran. Zu Anitas Rufen »Bitte berühren Sie mich nicht«, zweimal am Tag um acht Uhr abends und fünf Uhr morgens, kam nun Miss Amys Stöhnen hinzu, wenn wer oder was auch immer versuchte, ihr die Hände an den Körper zu pressen, um sie davon abzuhalten, Anita zu beruhigen. Die Wirklichkeit war nun für Amy Holness entstellt, und sie bekam Angst. Daher erzählte sie mit großer Erleichterung ihrem Mann von ihren Erlebnissen, als er sie fragte: »Amy, etwas geht hier vor sich. Was ist los?«

Reverend Simpson hörte den Geschichten zu, die die drei ihm erzählten, dann schickte er Anita in die Küche, wo sie seiner Haushälterin dabei helfen sollte, die Limonade zuzubereiten und zu servieren, und sagte dann:

»Mrs. Holness, vielleicht haben sie gehört, wie ältere Mütter, vielleicht sogar ihre eigene, über ihre Kinder sagen: ›Ich habe mit ihnen gekämpft, damit aus ihnen was wird.‹ Wenn sie in Zukunft über all dies reden werden – natürlich nur, wenn Anita bei ihnen bleibt –, werden sie sagen müssen: ›Ich habe für sie gekämpft.‹ Wollen Sie das sagen? Das Kind ist in Schwierigkeiten. Es könnte auch für Sie gefährlich werden.« Um Jacobs willen hätte sie »Ja« gesagt und die Arbeit auf sich genommen, gleich wie gefährlich sie war. Aber es war nicht nur Jacob oder selbst der Schutz Anitas, der jetzt wichtig für sie war. Miss Amy erinnerte sich an ihren Traum. Es war der Traum. Sie wusste nicht genau, wie, doch sie fühlte genau, dass das, was geschah, damit in Verbindung stand. Sie erkannte, dass das ihre Chance war, über jenes Wasser zu schwimmen. Sie wusste nicht, warum sie das musste, doch jeder Teil ihrer selbst sagte ihr, dass das ihr Gethsemane war, und es stand ihr nicht zu, es abzulehnen.

Doch wie sollten sie kämpfen? Sie schaute auf Reverend Simpson. Es war klar, dass er in dieser Angelegenheit alles gesagt hatte, was er zu sagen hatte. Der Besuch war vorbei. Nur noch der obligatorische gesellschaftliche Teil musste erledigt werden, die Limonade würde serviert und getrunken werden, einige »Ohs« würden ausgerufen und einige »Hahas« gelacht und ein bisschen Klatsch erzählt werden:

»Herr Lehrer, Mrs. Brassington hat Sie wohl ins Herz geschlossen. Haha.«

»Sie riecht Blut, Herr Pfarrer, doch es ist nicht meins. Haha.«

»Oh, wessen denn?«

»Ellas.«

»Ellas? Wer? Oh, die Kleine, die das Gedicht vorgetragen hat? Na, ist das nicht nur gerecht. ›Nehmt auf euch des Weißen Mannes Bürde . . .‹ Haha. Denken Sie dran, Herr Lehrer. Sie haben sie zusammengebracht! Haha.« Dann folgten die unendlichen Sprüche: »Wie geht es . . .?« Wie geht es Mass Levi? Wie geht es seinen Kindern? Was ist nur aus dem so und so geworden . . . «

10

Miss Iris wusste nicht, ob sie froh sein sollte oder traurig, dass Calvert immer noch zu Hause wohnte. Sie war froh, denn sie brauchte ein wenig Gesellschaft und jemanden, mit dem sie ihre Gedanken austauschen konnte. Sie war traurig, denn der Junge und sein Vater hatten ständig Streit und brachten damit ihr Leben durcheinander, denn sie wusste nicht, wen sie unterstützen sollte. Es stimmte, der Vater schien ständig an dem Kind herumzukritisieren. Doch wie konnte sie das Kind offen unterstützen? Das ging nicht. Wie konnte sie, in der Stille des Schlafzimmers, wo Mann und Frau ihre Schwierigkeiten besprechen sollten, dem Vater einen Rat geben, wenn der Mann ihr eine Nacht um die andere den Rücken zudrehte, bis sie solche Angst davor hatte, ihn zu berühren, dass sie, anstatt über ihn zu steigen, um den Nachttopf zu benutzen, wie sie es jahrelang gemacht hatte, jetzt auf einmal bis zum Fußende des Betts rutschte, darüber hinweg auf den Boden sprang und das Gefäß auf die Seite des Zimmers zog, anstatt es vor seinen Augen zu benutzen, wie sie das sonst immer gemacht hatte? Von all dem wurde ihr Herz kalt wie Stein. Levi war von ihr gegangen. Seit der Nacht, in der er geweint hatte, konnte sie ihren Mann nicht mehr erreichen. Es gibt verschiedene Wege, zur Kirche zu gehen. Jeder wusste das, und sie hatte es Levi gesagt. Sie war eine erwachsene Frau und alt genug. Calvert, ihr Jüngster, war siebzehn, und sie hatte auch schon Enkelkinder bekommen. Wozu wollte sie da noch eigene Kinder, selbst wenn ihr Schoß noch nicht eingetrocknet war. Was immer er machte oder machen konnte, er war noch immer ihr Mann. Und hatte sie ihm nicht versprochen, bei ihm zu bleiben, in guten und in schlechten Zeiten? »Keine halben Sachen«, hatte er gesagt. Und das war das.

Levi war ein starker Mann. Auch in geistiger Hinsicht. Er sagte immer, dass jedes Problem auch eine Lösung habe. Und er lebte danach. Es hatte schon zuvor Probleme gegeben. Von einigen erzählte er ihr dann, über andere wollte er nicht reden, obwohl sie eine Ahnung davon hatte, dass es sie gab. Er hatte die Einstellung Lass-mich-nur-machen, und bisher war das gut gegangen. Ihr blieb immer nur übrig, auf Knien darum zu bitten, dass er die Stärke finden möge, es durchzustehen. In kürzester Zeit, eine Nacht, nachdem die Schlafzimmertür geschlossen worden war, rief er sie zu sich mit einer Stimme barscher als sonst, um sie zu erschrecken, und sagte dann zu ihr: »Ich will mit dir sprechen.« Und sie wunderte sich dann, worüber, und dann kam es heraus mit einem Lächeln, das er nicht verbergen konnte: »Du erinnerst dich doch an das und das (manchmal hörte sie bei der Gelegenheit das erste Mal von diesem Problem), na ja, jetzt ist's wieder in Ordnung.« In der ersten Zeit hatte sie dann gefragt, wie es dazu kam. Doch er hatte nie geantwortet. Wollte nur die Glückwünsche, und sie hielt damit nie zurück, weil sie ihn liebte und stolz auf ihn war. Aber das war eine andere Sache. Dieses Problem und seine Lösung konnten nicht vor ihr verborgen bleiben, nicht solange sie das Bett teilten. Und da sie keine Villa hatten, würden sie mit dem Problem im selben Bett liegen, Gott allein wusste wie lange.

Da Levi, ihr Mann, sich vor ihr zurückgezogen hatte, war es nur natürlich, dass Miss Iris ihrem jüngsten Sohn näher kam. Problem oder nicht, der Junge war das letzte Kind, das aus ihrem Bauch geflutscht war, und was Besonderes, und er wurde jetzt zum Mann mit all den damit verbundenen seltsamen Gefühlen, und sie musste sicherstellen, dass ein Herz und eine Seele bereit waren, ihm die Dinge verständlich zu machen, denn Levi war einfach nicht da, war aus der Bahn geworfen. Man denke doch nur mal an das Mädchen und die Steine. Miss Iris war über die Fehleinschätzung des Vaters so erschüttert, dass sie nur noch flüstern konnte: »Geht der Mann doch hin und fragt ihn, ob er was damit zu tun hat, und auch noch vor all den Leuten. Was ist denn nur mit Levi los? Wieso kann er denn nicht sehen, dass dem Jungen das Herz gebrochen ist wegen der Kleinen? Geht hin und fragt ihn das!« Ihr Sohn brauchte sie. Und sie brauchte ihn, und das war noch ein Grund, warum sie es doch bedauerte, dass er noch da war. Ein so empfindsames Kind ahnte einfach, dass sie einen Kummer hatte, und versuchte sie zu beschützen und zog damit nur Levis Zorn auf sich. »Calvert soll Steine geworfen haben, um jemand zu erschrecken! Kennt der Mann denn sein Kind nicht mehr? Levi ist fort. Was soll ich bloß machen?« Sie gab sich selbst die Antwort: »Nichts kann ich machen, außer zu beten.«

In diesem Haus wurde viel gebetet. Auch Mass Levi betete besonders eifrig. Sie hielten immer noch ihr Morgengebet und ihre Sonntagsandacht gemeinsam ab, alle drei zusammen. Doch seit jetzt ungefähr drei Wochen stand Mass Levi schon früh am Morgen auf, nahm seine Bibel und seine Bücher mit aufs Klo und verbrachte dort eine gute Stunde. Genauso am Abend. »Aber wenn er so viel liest, nur mit dieser Zinnlampe, dann wird er noch blind werden, bis das Problem gelöst ist«, überlegte Miss Iris. »Aber danket dem Herrn für Jesus«, hing sie weiter ihrem schmerzlichen Grübeln nach. »Es sind diese Stunden mit seinem Gott, die es ihm möglich machen, sich immer noch so voll Kraft zu zeigen, als ob nichts passiert wäre.« Dann fing Mass Levi mit etwas Neuem an, was seiner Frau richtig wehtat. Er fastete jetzt auch noch. »Wozu bin ich denn noch gut?«, fragte sie sich. »Noch nicht mal dazu, um für meinen Mann zu kochen? Gnade mir Gott!«

*

Alle fanden, dass der Lehrer und seine Frau endlich wegen Anita etwas unternehmen sollten. Euphemia fand das auch und dachte, da sie nichts davon gehört hatte, dass sie etwas unternehmen wollten, sollte sie vielleicht einfach ihr Kind holen und sich selbst darum kümmern, überlegte sich jedoch, dass sie nicht einfach zum Lehrerhaus gehen und es mitnehmen konnte, da Reverend Simpson und alle anderen meinten, das sei der beste Platz für sie. Sie hatte keine Taschen voller Geld, aber sie hatte ihr Geschäft; sie hatte nur dieses eine Kind, und es gab viele Leute, die ihr das, was sie selbst hatten, leihen würden, um ihr durch dies alles hindurchzuhelfen, vor allem, weil alle sie beobachteten und sie fragten, was sie wegen des einzigen Kindes, das sie zur Welt gebracht hatte, unternehmen wollte, ob sie nur abwarten wolle, während der Lehrer und Miss Amy nichts unternahmen. Niemand hatte gehört, dass sich etwas Neues ereignet hatte, aber ließ einen nicht allein der gesunde Menschenverstand erkennen, dass das Ding hinter dem Kind her war? Was hatte Miss Phee schon zu verlieren? Das Kind war es, das Verstand hatte und aufgeweckt war und aussah, als würde es weit kommen. Böse Menschen wollten die Seele des Kindes wegnehmen. Und hatte Ole African nicht gesagt: »Die eine Hälfte wurde nie erzählt«? Das bedeutete, dass es wieder geschehen konnte. Das Mindeste, was Euphemia oder wer immer die Verantwortung für das Kind hatte, machen sollte, war, ihr einen Abwehrzauber zu besorgen. Euphemia dachte gründlich darüber nach und entschloss sich zu warten, bis noch etwas geschah. Dann würde sie bei Miss Amy vorbringen, ihr das Kind zurückzugeben, sodass sie sich um seinen Schutz kümmern konnte. Hätte sie gewusst, warum die drei Reverend Simpson besucht hatten, hätte sie gewiss etwas unternommen. Es war jedoch so, dass Anita die Sache außerhalb des Hauses nicht erwähnte und so geliebt aussah, dass Euphemia keinen Verdacht schöpfte.

Miss Amy selbst überlegte sich, ob sie deswegen aktiv werden sollte. Vieles ließ sie zögern. Hauptsächlich das Geld. Sie war sich nicht völlig sicher, ob die Tatsache, dass es an einem genauen Rat von Reverend Simpson mangelte, eigentlich bedeutete, dass er glaubte, sie solle jemanden finden, der Bescheid wusste. Aber das Geld. Sie hatte keins, und wo sollte der Lehrer es hernehmen, wenn sie noch nicht mal genug Geld auftreiben konnten, um ihrem eigenen Kind mit einer Nähmaschine eine Geschäftsgrundlage zu schaffen? Und die Gefahr für den Ruf des Lehrers, sollten der Direktor oder der Inspektor herausfinden, dass seine Frau in Verbindung zu einem *Obeahman* stand. Selbst wenn es arrangiert werden könnte, wenn sie zu einem weit entfernten Ort gehen könnte, wo niemand sie kannte, wo sollte denn das Geld dazu herkommen? Alle diese Überlegungen wurden abrupt unterbrochen.

Auf irgendeine Weise fand Maydene Brassington heraus, dass die Leute sich erzählten, was Ole Africans »Die eine Hälfte wurde noch nie erzählt« bedeuten sollte, und als vernünftige Frau hatte sie Schwierigkeiten für die Bewohner des Lehrerhauses erwartet. Sie wusste noch nicht, dass schon etwas vorgefallen war, doch hatte sie zufällig Unterhaltungen in ihrer Küche mitangehört, dass ein *Obeahman* gebraucht werde. Sie flog geradezu hinüber zu Mrs. Holness, um sie zu beraten. Nun, selbst wenn Miss Amy das Geld auftreiben konnte und eine Person weit genug entfernt fand, sodass sie die Karriere ihres Mannes nicht gefährdete, wie konnte sie die Wahrheit über eine Heilung – und eine Heilung war es doch, um die es ging – von dieser naseweisen Frau fern halten, die sich auf ihre Familie gepfropft hatte?

»Jemand macht euch Leuten vor, dass nur ihr über das Okkulte Bescheid wüsstet. Die Dinge, die ich in meinem eigenen Land gehört und gesehen habe, würden, wie ihr es hier ausdrückt, Mrs. Holness, euren Kopf anschwellen lassen. Nein. Es ist zwar verführerisch, aber gehen Sie nicht zu dem Zauberer. Sie würden jemand anderem die Kontrolle über ihre Seele geben und, wie gut er auch sein mag, das könnte gefährlich werden, es ist ungesund.«

Miss Amy schaute die rosagesichtige Lady an und war empört. »Diese Leute«, ging es ihr durch den Kopf, »denken immer, sie wüssten mehr über deine eigenen Angelegenheiten als du selbst, und außerdem glauben sie immer, sie hätten ein Recht, dir das zu sagen.« So sehr sie auch wünschte, sie los zu werden, ihr einfach zu sagen, ihr Topf sei am Überkochen, und sie dazu zu bringen zu gehen, konnte sie das nicht, denn dies war keine gewöhnliche, wichtigtuerische Nachbarin, dies war die Frau des Reverend, die Frau des Mannes, der für so viele Schulen verantwortlich war; das war Oberschicht, die englische Frau des Pfarrers. Es war nichts zu machen, außer zu hoffen, die Lady würde aus eigenem Antrieb verschwinden und sie in Ruhe lassen. Dann machte Mrs. Brassington etwas, das ihr den Boden unter den Füßen wegzog. Sie hob das Kinn, senkte die Lider, musterte sie von oben bis unten aus den Augenwinkeln, starrte sie einige Sekunden an und schnaubte: »Hmmm.« Dieser einheimische Rüffel war nicht zu übertreffen. »Sie sind ein Kind. Woher sollten sie auch Bescheid wissen? Warum sollte ich mich dazu herablassen, Ihnen meine Befähigung nachzuweisen?«, das bedeutete es. »Diese Lady hat mehr zu bieten, als der bloße Augenschein vermuten lässt«, dachte Miss Amy schockiert, und dann entspannte sie sich ein wenig. Daraufhin wurde Mrs. Brassingtons Gesicht weicher, und sie sagte: »Aber ich bin Ihnen gegenüber nicht fair. Sie konnten das nicht wissen. Einige Geistliche der christlichen Kirche werden darin ausgebildet, mit Geistern umzugehen. Mein Vater gehörte dazu.« Und sie fuhr sanfter fort: »Weisen Sie mein Angebot nicht zurück. Ich werde Ihnen helfen zu beten, während sie kämpfen. Jetzt muss ich los und Ella abholen. Es ist schon dunkel.« Und damit erhob sie ihre massige Gestalt aus dem zierlichen Bugholzstuhl und schritt in die Nacht hinein. Ein paar Schritte von den Stufen entfernt hielt sie an, drehte sich um und warf Miss Amy, die nun verwirrter war als je zuvor und darauf wartete, dass sie ging, sodass sie sich über das klar werden konnte, was gerade geschehen war, einige geflüsterte Worte zu.

»Ich habe nur beobachtet und meine Schlüsse gezogen«, sagte sie. »Reverend Simpson war hier gewesen. Er weiß

Bescheid. Glauben Sie nicht, dass er nicht für Sie arbeitet. Wenn Sie Ihren Geist in die Hand eines anderen geben, dann halten Sie ihn zurück.« Und damit ging sie, mit hoch aufgerichtetem Kopf, und ihre schweren Füße stampften auf den Boden, wie üblich.

Ole African hatte sich ein Haus am Rand von Grove Town gebaut. Er hatte sich zwei parallele Reihen von vier Zuckerrohrpflanzen auf der nahe gelegenen Plantage gesucht und sie zu einem Schutzdach geflochten. Er ruhte sich gerade aus, als das Tapp, Tapp, Tapp von Dans Code zu ihm drang. Die Dämmerung war hereingebrochen, und Reverend Simpson war nach einem Tag voller Besuche müde nach Hause gekommen. Er machte es sich auf seinem alten Schaukelstuhl gemütlich und ließ seine Gedanken wandern, wohin sie wollten und zu dem Thema, was einfach kam. Sie wanderten zum Zuckerrohrfeld am Rande von Grove Town, zu dem Mann mit dem schmutzigen zerlumpten Rock und den Lederstreifen anstelle von Haaren, um über vergangene und gegenwärtige Dinge zu reden.

»Willie, ich hab deine Nachricht erhalten«, sagte Dan.

»Yeah«, sagte Willie.

»Yeah«, sagte Dan. »›Die eine Hälfte wurde nie erzählt.‹ Da kommt noch mehr von dem Mist auf uns zu. Aber wir, Willie, wir. Was für ein klarer sauberer Klang: ›Die eine Hälfte wurde noch nie erzählt‹?«

»Yeah«, sagte Willie.

»Yeah«, sagte Dan. »Wenn die eine Hälfte noch nie erzählt wurde, dann musst du wissen, was erzählt wurde, und eine Ahnung davon haben, was noch nie erzählt wurde.«

»Yeah«, sagte Willie.

»Na, erzähl's mir Mann, erzähl schon«, sagte Dan.

»Wie kommt's, dass wir nie gewonnen haben?«, fragte Willie.

»Yeah, Mann, yeah«, sagte Dan, abwartend.

»O yeah«, sagte Willie. »Sie haben unsere Musik gestohlen.«

»Yeah, yeah«, sagte Dan, immer noch abwartend.

»Wir bekamen keine Unterstützung, Mann. Keiner konnte uns hören.«

»Yeah?«, fragte Dan, nachdenklich.

»Yeah«, sagte Willie. »Die haben Joseph verkauft, Mann.«

»Yeah, yeah, yeah«, sagte Dan, immer noch nachdenklich.

»Zauberer, Voodoo-Männer, Hexer und Priester. Die konnten uns nicht leiden, Mann.«

»Yeah«, sagte Dan, dem nun die Erleuchtung kam.

»Yeah«, sagte Willie, »sie gaben ihnen unsere Stimme.«

»Yeah«, sagte Dan, jetzt voller Erkenntnis, »sie schickten ihre Botschaften, gebrauchten dabei unsere Stimme.«

»Yeah«, sagte Willie.

»Sie haben Joseph in Ägypten verkauft«, sagte Dan. »Hoodoo-Männer, Voodoo-Männer gaben ihnen unsere Musik.«

»Yeah, Partner. Wir hatten gesagt, Männer sollten ihre Kraft behalten und lernen, sie zu gebrauchen.«

»Denn Gott hat uns nicht einen Geist der Zaghaftigkeit, sondern der Kraft und der Liebe und der Besonnenheit gegeben.‹ Zweiter Brief an Timotheus, eins, Vers sieben.«

»Sie sagten, Männer sollten ihnen diese Kraft geben.«

»Im Austausch für Furcht, yeah, yeah, yeah.«

»›Leichter zu herrschen‹, hatten sie gesagt.«

»Dann kamen die anderen, sangen unsere Lieder, beherrschten die Herrscher. Hoodoo-Männer, Voodoo-Männer, Zauberer und Priester. Gaben ihnen unsere Musik und verkauften dann ihre eigenen Seelen.«

»Leichter zu beherrschen? Ha! Leichter zu folgen. Leichter ein Zombie zu sein. Kein Glaube an die Menschen, kein Glaube an sich selbst. Sie mochten uns nicht, Mann. Wir hatten gesagt, die Leute sollten sie behalten...«

»...ihre Kraft.«

»Sie spalteten den Mensch von sich selbst. Ein funktionierender Zombie.«

»Spalteten sie von uns. Machten uns zu einem Witz. Machten uns zu einem Schandfleck.«

»Und ›diese klapprigen alten Schiffe‹. Erinnerst du dich daran, Dan? Vor sechshundert Jahren, vor fünfhundert Jahren, vor vierhundert Jahren und dann in jenen 1760ern: ›Wir werden sie zur Ruhe bringen und auf ihre klapprigen alten Schiffe zurückschicken.‹ Weißt du noch?«

»Kann ich das je vergessen?«

»Sie haben unsere Musik verraten.«

»Yeah«, sagte Dan.

»Hatten unsre Melodie von den Brüdern gelernt. Von innen heraus.«

»Sie haben Joseph verkauft, Dan.«

»Jetzt ist die eine Hälfte erzählt worden, Bruder«, sagte Dan und zügelte seine Wut. »Wo ist die andere Hälfte?«

»Plan eine Strategie, Kumpel.«

»Eine Strategie planen?«

»Yeah. Eine strategische Planung. Damit wir diese Seelendiebe vertreiben und uns auf den Weg nach Hause machen können.«

»Damit wir diese Seelendiebe vertreiben und uns auf den Weg nach Hause machen können?«

»Ihre klapprigen Schiffe haben die Segel heruntergelassen und fahren jetzt mit Dampf, ihre Schiffe haben sie aufgegeben und sind zu Büchern übergewechselt.«

»Raus damit, was weißt du, Bruder?«, fragte Dan.

»Joseph ging zurück.«

»Seine Knochen, mein Bruder.«

»Was sonst, Kumpel?«, fragte Willie. »Doch zuvor war er der wichtigste Mann in Ägypten.«

»Und wie!«

»Steck dich hinter ihre Bücher und eigne dir ihre Wahrheiten an, dann verwandle die Schiffe und die Bücher in die sieben Meilen der *Black Star Line*, die so verzweifelt gebraucht wird, und nimm diejenigen, die bereit sind, mit dir mit.«

»Ich, Mann?«, fragte Dan.

»Du, Mann«, entgegnete Willie.

»Und was hat's damit auf sich, dass du dich in der Wildnis aufhältst und ihre Methoden nicht lernst«, fragte Dan. »Und Perce? Warum steckt er in einem Wäldchen fest, redet dort mit Schnecken und ich bin alleine in diesem Ägypten?«

»Manche müssen Wurzeln schlagen, Mann«, sagte Willie.

»Schick mir das noch mal rüber, Kumpel«, bat Dan.

»Ein schreckliches Bild, Dan. Ein Stein entkam. Verwandelte sich in Inseln . . . Perce und ich sind die Berge und die Bäume. Nenn uns den Landschaftsgärtner, den Grundstücksmann. Man muss das Land kennen, dieses Land besitzen, dieses Land bearbeiten, bevor man sich zu Hause sicher bewegen kann.«

»Ich verstehe dich. Ein Übungsgelände für diejenigen, die loslegen wollen.«

»O yeah. Du verstehst mich. Schritt Nummer eins.«

»Schritt Nummer zwei bin ich?«

»Gut mitgedacht. Du bist die Pocken, Lehrer. Du lernst die Methoden der anderen, servierst sie in kleinen Portionen, ein Gegengiftmann, gegen völlige Vereinnahmung. Du erkennst ganz klar ihre Pläne, kannst ihnen genauer folgen. Du siehst, wo was hingetan werden muss, was geändert werden muss. Du veränderst diese Bücher, du schnappst dir diese Schiffe und los geht's. Richtig so?«

»Richtig.«

»Also Dan, mach weiter mit dem Weitermachen. Bleib am Lernen und bau die auf, die aufgebaut werden möchten.«

Willie meldete sich ab, um seinen Schlaf zu beenden. Die Nacht brach herein, und bald wurde es Zeit, sich wegen seinem Deckeltopf auf den Weg nach Grove Town zu machen. Reverend Simpson wachte auf: »Muss ihre Methoden lernen«, murmelte er schläfrig vor sich hin, »und sie weitergeben, aber nur genug für ein Gegenmittel. Hier passt also Mistress Maydene ins Bild!« Und er lachte in sich hinein: »Hier kommt die weiße Henne, Mr. Joe mein Daddy-Oh. Und was ist mit den anderen beiden Damen?«, sprach er weiter zu sich. Er erinnerte sich, dass Willie nichts Genaues über sie gesagt hatte. »Aber sie sind dabei«, hatte er gedacht, »deshalb ist er von den Bergen herabgekommen. Es muss wohl so sein, dass eine oder sogar beide ins Team gehören.« Er war jetzt hellwach. Er lächelte: »Miss Amy und Miss Anita, ich werde zusehen, dass ihr lernt, wie ihr gegen diesen kleinen Seelendieb kämpfen könnt. Eines Tages werdet ihr vielleicht stark genug sein und lernen, gegen den Größeren zu kämpfen.« Er schaute auf seine Uhr: 7.30 Uhr abends. »»Und dass wir von den gottlosen und bösen Menschen errettet werden. Denn nicht alle finden den Glauben.‹ Zweiter Thessaloniker, Kapitel drei, Vers zwei. Du hast Recht, Willie. Nicht alle Menschen sind des Glaubens. Zeit, um mich drauf vorzubereiten, mit ihnen zu beten.«

Maydene Brassington konnte ihren Zeitmesser nicht sehen, doch glaubte sie, es müsse fast acht Uhr abends sein. Sie sollte sich auf den Weg nach Hause machen. William würde sich sorgen, doch das Wichtigste kam zuerst. Hier war der Geist des Waldes mit einer klaren Einladung zu einem Treffen. Direkt hier, neben dem Zuckerrohrfeld auf der Weide mit dem kleinen Mädchen, das neben ihr stand, ließ sie sich auf die Knie nieder, um sich der Gebetsgruppe anzuschließen. »Ja, ich bin dabei«, sagte sie sich, »ich habe etwas beizutragen.« Und sie machte sich daran, ihre Kräfte zusammenzuziehen, um sich dem Kampf anzuschließen.

11

Es ging schon früh am Morgen los. Wer außer dem Pfarrer hatte es denn schon mit Daten. Aber Miss Gathas hatte richtig gerechnet. Es war der 27.; Sonntag, der 27. Januar, um genau zu sein, und dann begann die schweigsame Miss Gatha zu reden. Jeder, der Miss Agatha Paisley noch nie erblickt hatte, wenn der Geist sie überkommen hatte, musste glauben, es sei eine Kokospalme, die da in ihrem höchsteigenen Hurrikan die Straße herabkam. Oder jemand anderer würde wohl sagen, das sei Birnamwood, der auf Dunsinane zulaufe. Miss Gatha, die aussah, als habe sie eine Warnung erhalten. Das lange grüne Gewand mit den winzigen roten Blümchen, das Kopftuch mit demselben Muster in Hasenohren-Art gebunden, die großen Holzreifen in den Ohren und das Oleanderbüschel, das ihre Hände fest umschlossen hielten, als seien sie aus einem Stück. Und das Schwingen und das Schwanken und das Wirbeln! Miss Gatha hatte jetzt keine normalen Füße, die Tapp, Tapp liefen und die Steine in den Schlamm drückten. Nur Zehen, und die Beine und Schenkel waren Ruder.

Ihren Körper in einem Winkel von 45 Grad nach hinten vom Boden gebeugt, so lief Miss Gatha an diesem Morgen durch Grove Town. Ihre zehn kleinen Zehen, die dem langen, grünroten Gewand entwichen, scharrten durch die Kiesel auf der Straße wie ein gewöhnliches Huhn, das Würmer sucht. Das war die feine Art ihrer Bewegung. Und dann war da die weit ausschreitende: Immer noch mit dem Rücken im Winkel von 45 Grad zum Boden, machte sie lange Schritte, die mit ihrer Ferse anfingen und aufhörten. Es war früh und die Straße war leer, denn es war ein Sonntagmorgen. Niemand war unterwegs, um Holz oder Wasser zu holen oder auf die Felder zu gehen. Das war die ruhige Zeit. Um in Stimmung für den Sonntagsgottesdienst zu kommen. Miss Gatha hatte kein Publikum. Aber Miss Gatha sprach, und so wurde ihr höchsteigener Hurrikan ein öffentliches Ereignis.

Der Geist führte sie zum Baptisten-Pfarrhaus. Schien so, als sei die Warnung für Reverend Simpson gedacht. Also sprach Miss Gatha: »Neun mal drei ist siebenundzwanzig. Drei mal drei mal drei.« Sie rezitierte; sie sang; sie intonierte. In einer Tonlage, dann in einer anderen; in einer Oktave, dann höher. Lyrisch, mit Synkopen, mit Improvisationen, weit, weit entfernt von ihrer ursprünglichen Komposition. Die Wechsel waren rein musikalisch. Der Text änderte sich nie. »Neun mal drei ist siebenundzwanzig. Drei mal drei mal drei.« Und dann das sich Wenden, das Drehen, das Bücken, das Scharren und das Bewegen auf den Fersen. Reverend Simpson schaute noch nicht mal aus dem Fenster auf Miss Gatha. Und obwohl das ganze Konzert jetzt ein öffentliches Ereignis wurde, war es mit den Ohren und dem Kopf, dass die Leute es wahrnahmen. Sie scheuchten die Kinder zurück ins Haus und schlossen die hölzernen Fenster, die zur Straße blickten. Miss Gathas Tanzen. Miss Gathas Reden. Miss Gathas Warnen. Die Menschen würden es fühlen. Und das würde hart genug sein. Warum auch noch zusehen? Reverend Simpson kleidete sich weiterhin für den Gottesdienst an. Er musste. Er würde gehen. Aber es würde ein »Lieber-Roger«-Tag werden. »Lieber Roger, die Schrift bewegt mich und dich an allerlei Orten.« Nicht eine einzige Seele, außer vielleicht Mass Levi – und er hob im Stillen die Augenbraue – würde heute in die Kirche kommen. Es war Miss Gathas Tag. »Gesegnet sei ihre Seele«, sagte er in Gedanken und wieder in Gedanken: »Es gibt so viele Wege...«

Der Geist regte sich ebenfalls an allerlei Orten. Oder vielleicht hatte Miss Gatha sie gerufen. Denn zu der Zeit, als sie ihren Tanz bei sich zu Hause begann, waren Besucher von fern und nah angekommen und hatten sich in ihrem Tabernakel versammelt. Es waren Männer und Frauen. Alle in Gewändern. In weißen und roten Farben. Einige trugen ein weißes Gewand mit rotem Kopftuch. Einige ein rotes Gewand mit weißem Kopftuch. Einige ein weißes Gewand mit weißem Kopftuch. Und andere ein rotes Gewand mit rotem Kopftuch. Der Schnitt der Gewänder war etwas unterschiedlich, doch die Art des Kopftuchs kein bisschen. Alle hatten Hasenohren. Alle hatten Bleistifte auf der rechten Seite ins Kopftuch geschoben. Alle waren gelb und frisch gespitzt. Dann kamen die Trommeln, ihr Bumm-Batti-Bumm-Batti-Bumm-Batti-Bumm, der nächste Punkt auf dem Musik- und Rezitationsprogramm, das der Sonntagmorgen den Bewohnern Grove Towns bot, die jetzt in ihren eigenen Häusern gefangen waren. Und nachdem das Zurechtstutzen und Wegschaffen vorbei war und die Geister einander erkannt hatten und Miss Gatha in ihren Tabernakel geleitet worden war, begann ein Singen, hundertmal lauter, als das von Miss Gatha gewesen war. Und das Stöhnen. Und das Tanzen so vieler Füße, die im Kopf der Zuhörer herumstampften.

Miss Gathas Solo hatte um acht Uhr am Morgen begonnen. Es hatte Mass Levi in der Latrine erwischt. Er kam nie wieder heraus. Neun mal drei ist siebenundzwanzig. Drei mal drei mal drei. Wenn sie doch ihren Stil nicht so häufig ändern würde! Wenn sie doch nur bei einer Melodie bleiben würde, dann könnte er ihr folgen und sie festhalten. Aber diese Frau war schlüpfrig. Und der Versuch sie zu fangen, nahm ihm etwas von seiner Konzentration, und er brauchte alle seine Energie und ganz besonders heute, da es Sonntag war und noch der 27., drei mal drei mal drei, wahrhaftig. Die Beschäftigung mit ihr erschöpfte ihn. Jetzt fuhr ihm ein betäubtes Bumm-Batti-Bumm-Batti-Bumm-Batti-Bumm durch die Ohren. Er musste die Puppe loslassen, sodass er mit beiden Händen den Krach aus den Ohren verjagen konnte. Dann kamen das Stöhnen und das Stampfen, wie hundert Menschen, die auf seiner Brust trampelten, um seinen Atem abzuschneiden und ihm einen Asthmaanfall aufzuzwingen. Er zog seine Füße hoch zur Brust, um sich zu beschützen. Ein Baby in Fötusposition. Mit halb heruntergezogenen Hosen, aus denen die Unterhose hervorgrinste, mit dem Hintern im Kreis des Latrinensitzes, seinem Geschlecht, das herunterhing wie eine nasse Ratte, und seiner Puppe und seinen Büchern, auf dem Boden der Latrine verstreut. Das war derselbe Mass Levi, der vor nicht allzu so langer Zeit einen Dieb an einen Baum gebunden und gesagt hatte: »Grab jetzt.« Er hatte aber noch nicht aufgegeben. Er schlug und trat diese Geräusche weg und diese Füße, die auf seiner Brust umherstapften, mit großer Entschiedenheit, wenn auch mit wenig Erfolg.

Das Tabernakel wurde nicht fürs Sonntagsessen unterbrochen. Das Trommeln, das Singen und Stöhnen gingen ohne Unterbrechung weiter bis zum Einbruch der Nacht. Anita hatte alle ihre fünfzehn Jahre in Grove Town verbracht, aber sie hatte sich nie zuvor an einem von Miss Gathas Auftritten beteiligt, obwohl sie davon gehört hatte. Die Holness waren fremd im Bezirk. Sie hatten nie gesehen, wie Miss Gatha arbeitete, aber auch sie hatten davon gehört. Auf jeden Fall waren sie in Gegenden aufgewachsen und hatten dort gelebt, die Grove Town ähnlich waren, und so wussten sie, dass das »Drei mal drei mal drei« und das Singen und das Trommeln und das Stöhnen, das den Bezirk in seinem Griff gebannt hatte, von Bedeutung waren. Auch sie schlossen ihre Türen und Fenster. Konnte es sein, dass mit den am Tag geschlossenen Fenstern – nachts waren sie auch immer zu – Anita zu wenig Sauerstoff bekam? Fünf Uhr und acht Uhr waren in dem Haus nicht ohne das übliche Ereignis verstrichen, aber dank des ausdauernden Gebets war es weniger und weniger schrecklich geworden. Miss Gathas Solo hatte das Haus im Gebet vorgefunden, und sie hatten Dank gesagt, dass das Wesen, das sonst die beiden Frauen des Hauses zog und schob, an diesem Morgen kaum zu fühlen war. Warum, wo doch die Dinge so gut liefen, sollte Anita jetzt die Hände über die Ohren pressen und sich darüber beschweren, dass der Krach vom Tabernakel sie »ersticken« ließ? Es war wahr, die ganze Geschichte war voll Furcht und Schrecken, doch diesmal war es für jeden im Haus so und niemand nahm es so schwer wie Anita, ein Kind, das doch so vieles siegreich überstanden hatte. Und es musste für sie wirklich sehr schlimm gewesen sein, denn der Lehrer schaffte es gerade noch, ihre ohnmächtige Gestalt aufzufangen.

Ohnmächtig werden war eine Sache. Sie konnten ihr Luft zufächeln und sie mit Riechsalz einreiben. Und das taten sie. Aber was sollten sie machen, als das Gesicht des

Kindes sich in das einer alten Frau verwandelte und sie in ihrer Betäubung zu seufzen und zu stöhnen begann, wie Miss Gatha und ihre Gefährten beim Tabernakel? Wo Miss Gatha selbst zu Boden gefallen war; wo sie ihr das Gewand zwischen die Beine geschoben hatten; wo sie um sich schlug, boxte und trat und schrie, etwas wie »Lass mich gehen«; wo ihr Gesicht sich verwandelte in das einer schönen Fünfzehnjährigen und wieder zurück in das einer Frau von Miss Gathas sechzig und noch mehr Jahren und wieder zurück und wieder zurück und wieder zurück, bis sie schwieg, ihre Glieder ruhig blieben und sie fünfzehn Jahre alt war. Im Tabernakel gab es keine Bestürzung über diese Verwandlungen. Dort gab es stattdessen Freude: »Amen«, »Danket dem Herrn«, »Verbindung von der Erde zum Himmel, Verbindung«. Dort hob die Wassermutter, völlig in Weiß gekleidet, ihre Pfeife, die mit einer Kordel noch an ihrem Taillenband befestigt war, vom Gürtel an ihre Lippen und blies eine lange, schrille Meldung. Alles Springen, Singen, Trommeln und Stöhnen endete und alle, einschließlich der Wassermutter selbst, erstarrten. Sie blies noch einmal und sagte ruhig: »Es ist vollbracht.« Und damit nahmen alle das, was sie hatten, und ließen Miss Gathas Körper mit seinem fünfzehnjährigen Gesicht auf dem Boden zurück.

Es war nicht seltsam, dass Mass Levi den ganzen Tag auf dem Abort verbrachte. Er hatte aufgehört zu frühstücken und damit auf die Gesellschaft seiner Frau und seines jüngsten Sohnes verzichtet. Er hatte nun schon ein ganze Weile diese Zeit seinen Büchern, seinen Gebeten und dem Abort gewidmet. Aber normalerweise kam er an einem Sonntag heraus und bereitete sich auf den Elf-Uhr-Gottesdienst vor.

Doch selbst er in seiner einsamen Welt musste das Singen und das Trommeln hören und wissen, dass es ein Miss-Gatha-Tag war und dass keine Kirche stattfinden würde. Daher fand Miss Iris es nicht seltsam, dass er sich um elf Uhr immer noch auf dem Abort aufhielt. Gewöhnlich aß er das Sonntagsessen mit. Aber da es kein Kirchtag sein sollte, könnte er sich dazu entschlossen haben, den ganzen Tag zu fasten. Das hatte er auch schon gemacht. Und da er aufgehört hatte, mit anderen zu sprechen oder ihre Fragen zu beantworten, könnte es sein, dass er den ganzen Fastentag dort drinnen verbrachte, mit seinen Büchern auf dem Abort, ohne es jemanden wissen zu lassen. Miss Iris beobachtete zu dem Zeitpunkt nicht, was Mass Levi auf dem Abort machte: Sie war dazu viel zu verärgert. Wie konnte er den ganzen Tag dort drinnen sitzen und erwarten, dass seine Frau und sein Sohn ihr Geschäft in einem Nachttopf oder hinter irgendeinem Baum erledigten? Das war nicht anständig.

Es war der Schrei des jungen Mädchens, der aus dem Abort zu hören war, der sie darüber nachdenken ließ, was mit ihm los war. Sie wusste, dass sie ganz deutlich einen Schrei gehört hatte, und war sich nicht ganz sicher, glaubte aber die Worte gehört zu haben: »Lassen Sie mich gehen.« Sie glaubte auch, dass sie ein Raufen gehört hatte, als ob jemand sich wegriss und als ob jemand niedergeschlagen worden wäre. Diese lärmenden Kakaoblätter waren im Weg. Aufgerichtet wie eine Balletttänzerin, ging sie auf Zehenspitzen zwischen ihnen hindurch zur Seite des Aborts und lauschte. Nichts. Aber sie war sich ziemlich sicher, dass sie etwas gehört hatte. Doch jetzt noch nicht mal ein Geräusch des Räusperns oder des Seitenumblätterns. Sie lauschte weiter und wurde mutig: Der Mann schlief womöglich. Sie würde es wagen. Sie würde heimlich nachsehen. Aber wie sollte sie dorthin kommen, wo der Luftschlitz war. Der Waschbottich in der Nähe gab ihr die Antwort. Auf Zehenspitzen schlich sie wieder zwischen den Blättern hindurch, hob den Bottich auf ihren Kopf, ging zurück auf Zehenspitzen, drehte ihn um und stieg hinauf. Es war das Babypüppchen, das ihr sofort ins Auge stach. Wozu machte Levi ein Babypüppchen? Miss Iris konnte sich nicht vorstellen, dass ihr überheblicher Ehemann jemanden bat, ihm so etwas zu machen, daher musste er es selbst fabriziert haben. Und sie wusste noch nicht mal, dass der Mann ein Abbild herstellen konnte! Dann bemerkte sie seine Position. Kein normaler Mensch konnte in dieser Haltung so still sitzen. Kein normaler Mensch hätte immer noch nicht gefühlt, dass jemand ihn anstarrte, und hätte sich bewegt. Bestimmt war etwas verkehrt. Sie wurde mutiger.

Es war immer noch die Puppe, die ihr am meisten Sorgen bereitete, als sie endlich die Aborttür öffnete. Das Gesicht des kleinen Dings sah genauso aus wie Euphemias Tochter. Wenn es Calvert gewesen wäre, der diese Puppe hatte, das hätte sie verstehen können. Sie wusste, wie der Junge für das Kind empfand. Aber der Vater! Konnte einer es gehabt haben und der andere hatte es weggenommen? Aber wozu wollte Levi es haben? Die Frage kam ihr wieder: Was macht Levi mit 'nem Babypüppchen? Als sie genauer hinsah und den Kreis erkannte, der um ihren Schädel geritzt war, die Messerabdrücke, dort, wo ihre Beine sich trafen, und den glänzenden neuen Nagel durch ihren Hals, wusste sie, dass Calvert nichts damit zu tun hatte und dass dieses eine ernste Angelegenheit war. Sie schaute auf ihren Mann: die Faust geballt, die Arme über der Brust gekreuzt, die Knie hochgezogen, seine Hosen unten und sein schlappes Ding lose baumelnd, und auf einmal verstand sie alles. Er war so tot wie ein Dodo, aber das war nur die eine Sache. Das andere war eine ernste, ernste Sache. Ruhig schloss sie die Tür und machte sich auf den Weg zum Pfarrhaus.

Wenn sie zum Haus des Reverend ginge, wären Jonathan und Louise vielleicht dort. Wegen all der seltsamen Dinge, die sich ereigneten, hatten sie sich womöglich entschlossen, dort an ihrem Arbeitsplatz zu bleiben. Wenn der Reverend in der Kirche war, wäre er alleine, denn es war kein Gottesdienst abgehalten worden. Sie wollte keine Zeugen für das, was sie zu sagen hatte, und wenn möglich, keine Zeugen dafür, dass sie ihn aufgesucht hatte. Es würde also die Kirche sein. Reverend Simpson schien gebetet zu haben. Er musste gehört haben, wie sich die Kirchentür öffnete, denn als sie durch die Tür trat, sah sie, wie sein Körper sich erhob und sich umdrehte. Er richtete sich auf und kam den Gang herunter mit ausgestreckten Armen auf sie zu. Er nahm ihre beiden Hände, faltete sie wie zum Gebet, schaute ihr in die Augen, gab ihr nicht die Zeit, um einen im besten Falle unzusammenhängenden Bericht zu stammeln, und sagte einfach: »Es ist vorbei. Berühr nicht die Bibel. Zieh nur das Messer beim Griff heraus und lass es in die Grube fallen. Nimm die anderen Bücher, eins nach dem anderen, mit der linken Hand hoch. Ohne darauf zu sehen, was drinnen steht, dann reiß die Blätter raus. Reiß jedes Blatt heraus, dann reiß es quer durch, dann wirf jedes Einzelne ebenfalls in die Grube. Vergrab die Umschläge – den harten

Teil der Bücher –, dann, wenn du Zeit hast, grab sie aus, gieß Kerosinöl drüber und verbrenn sie, ohne zu lesen, was darauf geschrieben steht.« Er hielt inne, schaute ihr tief in die Augen, machte ihr einen Vorschlag, die Geschichte zu vertuschen: »Dein Mann ist an einem Herzanfall gestorben. Säubere ihn. Ich werde dort sein, wenn du mit dem fertig bist, was ich dir aufgetragen habe.« Dann schaute er in ihr schockiertes Gesicht und fand, sie konnte einige Antworten vertragen: »Du hast Recht. Er glaubte wirklich, er könne die Seele des Mädchens dazu benutzen, ihm seine Kraft zurückzubringen. Ja. Es gibt die verschiedensten Wege des Wissens.«

Reverend Simpson machte sich danach auf den Weg zum Lehrerhaus. »Miss Gatha kann sich um sich selbst kümmern«, dachte er bei sich, als sei es ihm fälschlicherweise in den Sinn gekommen, dass er stattdessen sie besuchen sollte. »Es ist vorbei«, sagte er dem verängstigten Paar, das ihm auf sein Klopfen die Tür öffnete. »Anita wird von jetzt an in Ordnung sein.« Er konnte sich nicht einfach umdrehen und weggehen. Fünf Minuten lang bemühte er sich um Nettigkeiten, bevor er sich auf den Weg zu Miss Iris machen wollte, da sah er eine klumpige weiße Gestalt näher kommen. Die sarkastischen Worte »Hier kommt die weiße Henne« kamen ihm in den Sinn. Maydene Brassington hatte wie gewöhnlich eine Entschuldigung dafür, nach Grove Town zu kommen. Dem Kutscher war nicht gesagt worden, dass es jetzt zu seiner Arbeit gehörte, Ella am Sonntag mitzunehmen. Es wäre nicht korrekt, ihm diese neue Aufgabe zuzuteilen und von ihm zu erwarten, sie innerhalb weniger Stunden auszuführen. Für Ella war die Angelegenheit noch zu neu, um sie alleine von Morant Bay herunterzuschicken. Daher musste Maydene sie begleiten und, wie allgemein bekannt, war dies keine Last für sie, da Reverend Brassingtons Frau es mochte, in der Dämmerung Spaziergänge zu unternehmen. Das war die Erklärung, die sie jedem geben würde, der wissen wollte, warum sie in Grove Town war. Sie gab sie jetzt nicht. Niemand auf dieser Veranda fragte, also brachte Maydene wie gewohnt die Sache direkt auf den Tisch und stach ihr scharfes Messer mitten ins Herz der Angelegenheit: »Miss Gatha sagt, es ist vorbei.«

An diesem Morgen hatte Mrs. Brassington Fremde gesehen, erst einen, dann einen anderen, die sich zielbewusst auf den Weg machten, der nach Grove Town führte. Sie kamen nicht in einer Gruppe. Sie schritten voran, als würde keiner von dem anderen oder dessen Angelegenheiten wissen. Doch offensichtlich verband sie eine Gemeinsamkeit: Sie waren fremd in der Gegend, aber sie stellten keine Fragen, als sie die Gabelung in der Straße erreichten. Ohne zu zögern, ohne einen Blick nach rechts oder links zu werfen, ging jeder weiter. Das war seltsam. Maydene bemerkte das. Und noch dazu hatte jeder ein Bündel und eine Trommel dabei. Es waren die Trommeln, die sie am meisten interessierten. Deren Aussehen. Wäre es nur eine Trommel gewesen, wäre es ihr entgangen. Doch da so viele Trommeln vorbeikamen, bemerkte sie deren Aussehen. Sie ähnelten stark den »Zaubertrommeln«, den »Redenden Trommeln«, den »Sprechenden Trommeln« – wie war doch nur ihr richtiger Name? –, von denen sie vor langer, langer Zeit in der Bibliothek ihres Vaters Bilder in einer Untersuchung über afrikanische Trommeln gesehen hatte. Dann hörte sie die Geräusche von Miss Gathas Tag. Die Köchin konnte ihr nicht sagen, ob die Trommeln aus Grove Town kamen oder nicht, ob dort etwas Besonderes vor sich ging oder nicht, das die Anwesenheit dieser Trommler nötig machte, aber das Schulterzucken, von dem Maydene wusste, es bedeutete, »Warum bleibst du nicht bei deinesgleichen, du naseweise Schachtel«, sagte ihr unzweifelhaft, dass etwas am Laufen war. Und die Geräusche dauerten an, und sie wusste, dass das ein Ereignis war, zu dem sie gerufen wurde. Also ging sie los mit ihrem Alibi.

Nur jemand wie Maydene Brassington wäre direkt zu Miss Gatha gegangen, um Antworten zu erhalten. Wie alle anderen wusste sie, dass Miss Gatha mit Trommeln und Geistern zu tun hatte. Im Gegensatz zu allen anderen schien sie nicht zu wissen, dass Nachforschungen über Trommeln und Trommler, Geister und Spiritualisten nicht angesagt waren. Sie brachte Ella nach Hause und machte sich auf den Weg zum Tabernakel. Dort herrschte Schweigen. Alle waren nach Hause gegangen, und es gab dort nichts zu sehen, außer Miss Gatha, die auf dem Boden ihrer Arbeitsstätte lag. Maydene Brassington trat ein, so war sie eben. Ganz Grove Town wäre überrascht gewesen, Miss Gatha mit ihr reden zu hören – die blickte ihr in die Augen und sagte ihr wirklich: »Geh und sag es ihnen. Es ist vorbei. Der Seelendieb ist weg.« Maydene ging nicht sofort. »Es wird Ihnen besser gehen«, sagte sie mehr, als dass sie fragte, zeigte so ihr Mitgefühl. Miss Gatha lächelte: »Du weißt es.« Dann hielt sie inne und sagte neckend wie ein Mann, der seinem Mädchen einen besonderen kleinen Kosenamen, nur für sie beide, gab: »Weiße Henne«. Die Geister hatten sich einander endlich zu erkennen gegeben. Die Weiße Henne hatte Menschengestalt angenommen. Maydene war im siebten Himmel. Von diesem Sitz aus sprach sie zu Reverend Simpson und dem Paar, das mit ihm auf der Veranda des Lehrerhauses stand.

»Diese Weiße Henne bewegt sich schnell«, dachte der Reverend bei sich, als Maydene mit ihrer Botschaft herausplatzte. Er wusste nicht, wie er mit ihr umgehen sollte. Er konnte nicht erkennen, wie weit sie gekommen war. »Miss Gatha war bereit, sie anzuerkennen«, überlegte er sich, »aber ist sie nur eine Botin oder noch etwas anderes?« Ihr »Da geht ein Seelendieb« warf ihn aus der Bahn. »Geheime Informationen. Eine Botin der höchsten Vertrauensstufe, das zumindest«, sagte er sich, während gleichzeitig der Gedanke, »diese Frau ist aber wirklich unbeholfen«, ihm durch den Kopf schoss. »Diese Frau hat mich gezwungen«, ging der Gedanke weiter. Dann: »Unbeholfen oder bewusst unbeholfen?« Was auch immer..., er musste nun diese Karte übertrumpfen. Er erhob seine Stimme und sagte zu den Holness: »Es ist nicht allgemein bekannt, aber Mass Levi ist dahingeschieden. Wir nennen es einen Herzschlag. Es scheint, er war kein so guter Mensch.« Sie würden den Euphemismus verstehen. Nachdem er gesprochen hatte, dachte er wieder: »Ja, Wissen ist Macht. Sie brauchen diese Macht. Sie sind kurz davor, bereit zu sein. Sie sollten es wissen.« Dann schaute er die Weiße Henne an. »Unbeholfen, aber im Recht«, sagte er sich, während er ihr zunickte. Er lächelte und sie lächelte. Sie wusste, er meinte: »Master Willie und Mutter Henne haben dich anerkannt. Warum sollte ich mich sträuben.«

12

Angenommen, die dreizehn Jahre alte Ella wäre in Miss
Gathas Tabernakel gewesen und hätte die gelben Bleistifte
auf der rechten Seite der weißen oder roten, zu Hasenohren gebundenen Kopftücher gesehen, auf den vielen Köpfen, die sich einmal hoch, einmal runter, einmal von Seite
zu Seite bewegten, sich dann im Winkel von 45 Grad zum
Boden zurücklehnten und, ohne sich nach links oder nach
rechts oder nach oben oder nach unten zu wenden, ruhig
und langsam, wie der Bug eines Kanus voransegelten? Angenommen, sie hätte die roten und weißen Gewänder gesehen, an der Taille zusammengerafft, am Saum etwas
enger, aufgebläht mit Luft wie die Weihnachtsblumen, die
sie wie Ballons aufzublasen pflegte? Angenommen, sie
hätte das Ehm, Ehm, Ehm gehört, als der Geist Besitz von
ihnen ergriff und das Bumm-Batti-Bumm-Batti-Bumm-
Batti-Bumm der Trommeln? Angenommen, nur angenommen, sie hätte Miss Gatha am Boden gesehen, mit dem
Gesicht des fünfzehnjährigen Mädchens? Selwyn wäre reicher gewesen. So jedoch hatte Ella nichts gehört. Sie hatte
nicht eine der Personen mit Trommel und Bündel vorbeigehen sehen. Im Pfarrhaus waren ihr ein Zimmer und ein
Bett zugewiesen worden, und ihr war gezeigt worden, wie
man bei Bettlaken die Ecken näht, und damit war sie beschäftigt. Das Trommeln war in Morant Bay nur schwach
zu hören. Nur wer diese Art von Ohren hatte oder wusste,
was das Trommeln zu bedeuten hatte, konnte es hören. Ella
gehörte nicht dazu. Fenster und Türen waren immer noch

geschlossen, als Mrs. Brassington sie zurückbrachte. Wäre es noch hell gewesen, wäre Ella vielleicht etwas aufgefallen, doch die Dämmerung war nahe, und da waren geschlossene Türen und Fenster normal. Mrs. Brassington erwähnte ihr gegenüber nichts, auch nicht ihre eigene Mutter: Sie hatte ihren Zukünftigen im Sinn, und jede kleine Verwunderung über diese seltsamen Dinge wurde zu einer Verwunderung, die sie ganz natürlich mit ihm teilte. *Caribbean Nights and Days* – Nächte und Tage in der Karibik – das Stück, an dem Ellas Ehemann arbeitete, sechs Jahre nach diesem Miss-Gatha-Tag und fast ein Jahr, nachdem er Ella zur glücklichsten kleinen Frau auf der ganzen Welt gemacht hatte, musste ohne diese Szene auskommen.

Sein Auge hatte nichts gesehen, sein Herz war nicht gehüpft. Selwyn war trotz allem überglücklich. Das, was Ella ihm gegeben hatte, war für ihn das reinste Gold. Er musste es nur aufpolieren. Er würde die größte Nigger-Show auf die Beine stellen, die es je gegeben hatte. Er würde im Westen damit auf Tournee gehen. Und dann war da der Film. Ganz sicher würde jemand ihn unterstützen. Vater könnte das tun. Oder könnte jemand anderen dazu veranlassen. Selwyn fühlte, dass er endlich eine Aufgabe gefunden hatte. Der passende Anzug, die passende Farbe, der passende Schnitt, endlich. Er war fast dazu bereit, den Platz an der Wand neben seinem Vater und seinem Großvater einzunehmen. Derjenige, der den Langley-Komplex um die Sparte Film und Lichtspielhäuser erweitert hatte. Wer würde nach ihm an dieser Wand folgen? Und wenn er sich bei dieser Frage ertappte, wurde Selwyn klar, dass sogar er wusste, dass man einen Scherz zu weit treiben konnte. Ella war ein Schatz. Sie hatte ihm alles gegeben und gab ihm immer noch alles, was sie hatte, aber er wollte mehr. Ange-heiratete Verwandte mit einem richtigen Stammbaum zum Beispiel, die in Person erscheinen konnten. Für ihn war es ein ernüchternder Gedanke, dass er sich immer noch im Stadium des Stückeschreibens befand. Doch ein ernsthaf-ter Mann musste an die Zukunft denken. Selwyn machte sich Gedanken: Die Verhütung wurde sein bester Freund, von dem er sich nie trennte, und bei anderen Gelegenhei-ten fühlte er sich wie Onan selbst. Dann gab es Zeiten, wo er den Mönch spielte.

Nachdem ihr Hymen verschwunden und ein paar Mo-nate ihrer Ehe vergangen waren, gab es eine glatte, offene Passage von Ellas Kopf durch ihre Mitte und direkt nach unten ins Freie. Gift floss langsam aus ihrem Körper. Wenn sie ihren großen Zeh bewegte, konnte sie fühlen, wie die Muskeln in ihrem Kopf reagierten. Ihre Körperteile befan-den sich miteinander im Einklang. Sogar ihr Verstand kam ins Spiel. Er kämpfte jetzt um ein Gleichgewicht in ihrem Körper. Über Jahre hinweg hatte sich in ihrem Kopf, dort, wo sie eigentlich glaubte, dass ihr Verstand sitze, so etwas wie Gaze befunden. Die spannte sich flach durch ihren Kopf, trennte einen Teil ihres Verstandes vom anderen – das Obere des Kopfes vom Unteren. Drinnen waren Peter Pan und Lucy Gray und Dairy Maid und früher einmal Selwyn – der obere Abschnitt. Im unteren waren Mammy Mary und all die Leute aus Grove Town. Sie wusste, dass sie da waren, doch immer, wenn sie versucht hatte, sie zu berühren oder mit ihnen zu sprechen, dann schob die Gaze-Barriere ihre Hand oder ihre Gedanken weg. Zum ersten Mal bemerkte sie das Abfließen, als Selwyn anfing, bei ihr vorbeizukom-men, und am stärksten war es zu spüren, wenn er ihre

Hand hielt. Die Gaze-Barriere war am Schmelzen. Ein riesengroßer Teil davon zersetzte sich völlig während ihrer Flitterwochen, und zum jetzigen Zeitpunkt waren Mammy Mary und diese Grove-Town-Leute sehr klar. Selwyn hatte es irgendwie geschafft, sich zu ihnen hindurchzudrängeln, und es schien, als seien Peter und Lucy und Dairy Maid auf einer Art Urlaub, vielleicht waren sie sogar für immer abgereist, da Selwyn sich nicht für sie interessierte, keine Fragen über sie stellte, obwohl er genau wusste, dass sie da waren. Ella war ein wenig traurig, dass Leute, die ihr so nahe gewesen waren, sich unwillkommen fühlen könnten, doch das Leben war jetzt so angenehm, dass sie nicht zu sehr über sie und ihre Abwesenheit nachdachte.

Selwyn hatte sich tatsächlich durch die Gaze-Absperrung gezwängt, direkt in Ellas körperliche Vergangenheit hinein. Nach einigen Monaten der Ehe war die Gaze verschwunden, und Ella schien fortwährend auszulaufen. Und das Ausfließen brachte Klarheit, sodass Ella nach einer gewissen Zeit nicht nur Mammy Mary und all die Leute klarer sah, sondern auch die Dinge, die um sie herum waren. Sie konnte ihm den Sternapfelbaum zeigen. Einen großen kräftigen Baum mit Blättern, die grünglänzend auf der einen und braun auf der anderen Seite waren. Selwyn erfuhr, dass dessen Frucht sehr geizig war. Auch wenn sie purpurrot und saftig oder grünglänzend und saftig und zum Essen reif war, fiel sie doch nie vom Baum herab. Man musste hochklettern, um an sie dranzukommen. Wenn man das nicht machte, dann blieb sie oben hängen und vertrocknete am Baum. Er sah die Bananenstauden, wie Windmühlen. Große grüne Blätter. Schneid dir eins ab und halt's dir über'n Kopf, wenn's regnet. Das ist der beste

Schirm, den du kriegen kannst. Bananen kannte er. Neuerdings hatte er sie in den Läden gesehen, und er wusste, dass seine Frau mit einem Bananenboot hochgekommen war. Sie erzählte ihm ebenfalls von den Kokosnussbäumen. Er kannte sie als Palmen. Er wusste, dass sie auf karibischem Gebiet wuchsen, aber er wusste nichts über ihre verschiedenen Verwendungsmöglichkeiten. Er kannte keine Kokosnussmilch. Er glaubte, Kokosnusswasser und Kokosnussmilch seien ein und dasselbe, und niemand hatte ihm je zuvor gesagt, dass ihre Blätter dazu benutzt wurden, um Dächer zu decken, und ihre Fruchtschalen als Bürsten, um Böden zu reinigen.

Selwyns Energie hatte eine glatte Passage geschaffen, durch die er in diese Gruppe von Grove-Town-Leuten hineingefallen war. Er war jetzt ein normaler Mensch. Und mehr noch, Ella konnte ihn anfassen. Er hatte es ihr beigebracht, und es machte ihr wirklich Spaß, ihn anzufassen. Vielleicht aus diesem Grund und weil er jetzt bei ihnen war, fiel es ihr leicht, mit ihrer Mutter und ihrem neuen Stiefvater in Berührung zu kommen; in Anitas Augen zu sehen und mit ihr zu sprechen; dem Lehrer und Miss Amy Fragen zu stellen. Es ergab sich, dass mit einem genaueren Blick auf Grove Town und seine Bewohner auch ein genauerer Blick auf ihre direkte Umgebung einherging. Sie fühlte sogar etwas. Ihr war kalt. So sollte das auch sein. Dort in seiner Dachstube gab es keine Wärme. Sie wurde müde. Dinge wie das Waschen und das Kochen und das Einkaufen und das Treppenhochsteigen mussten erledigt werden. Und sie fing an zu merken, dass Selwyn ihr keine Fragen mehr stellte. Er berührte sie kaum noch. Sie fing an, sich ausgetrocknet zu fühlen. Völlig ausgeflossen. Er sei beschäftigt, sagte er. Er wähle die Schauspieler aus. Da gebe es einige Kleinigkeiten, die er umschreiben müsste.

Je näher Selwyn daran war, ein Bühnenschriftsteller und Regisseur zu sein, umso näher kamen jene Stelle an der Wand und die Frage, die er noch nicht beantworten wollte. Niemand hatte Ella je etwas über Verhütung erzählt. Oder über Onan. Oder über sichere und unsichere Tage. Sie wusste nur, wenn man mit einem Mann zusammenlebte, vor allem, wenn man mit ihm verheiratet war, dann sollte man nach etwa einem Jahr der Ehe einen dicken Bauch haben und man sollte dabei sein, ein Baby zu bekommen. Es beunruhigte sie, dass sie nicht schwanger war. Selwyn war dieser Tage so beschäftigt, da könnte ihr ein Baby Gesellschaft leisten. Doch es kam einfach nicht. Etwas war falsch. Er hatte gesagt, sie sei eine Mulattin. War es das? Wie konnte dieser Mann sie aufklären? Er machte sich mehr und mehr schuldig. Er konnte nicht zusehen, wie sie sich ständig in Frage stellte, also blieb er mehr und mehr von ihr fern. Wenn eine Passage durch einen hindurch geöffnet wurde, wenn eine Substanz aus einem herausgelaufen war, dann war der Korper gereinigt worden, um einen darauf vorzubereiten, etwas zu produzieren. Selwyn war ihr Architekt. Wenn er ihr nicht zeigen konnte, wie sie die Räume füllen konnte, die er geschaffen hatte, und wenn er ihr nicht ebenfalls eine Möglichkeit gab, etwas zu schaffen, was war dann der Zweck all dieses Ausfließens und der Veränderung und des Verlusts ihrer Freunde? Selwyn wollte auch diese Frage nicht beantworten.

Er war mit *Caribbean Nights and Days* beschäftigt. Sie würde es lieben, hatte er gesagt. Sie würde sich so sehr darüber freuen, wenn sie herausfand, was mit allem, was ihren Körper verlassen hatte, gemacht worden war. Aber sie wollte etwas in sich drinnen machen und nicht außerhalb ihres Körpers. Ella ließ sich nicht besänftigen. Selwyn war ehrlich davon überzeugt, dass Ella durch sein Werk Ehre erwiesen würde und dass sie, wenn sie es sah, damit aufhören würde, ihn und sich selbst zu quälen. Er hatte ihr ein hübsches neues Kostüm gekauft, und sie saß inmitten des ausgewählten Publikums. Nicht nur war sie die Frau des Autors/Regisseurs, sie war auch die Frau, Ohne-die-all-das-nicht-möglich-gewesen-wäre. Das hatte er ihr gesagt. Sie hörte auf, mit ihm zu sprechen, ab der Nacht, in der sie das Stück gesehen hatte. Und ein paar Monaten später hatte sie einen übergroßen Bauch. Sie trug das Baby Jesus. Dann hörte sie völlig auf zu sprechen. Hörte auf, irgendetwas zu tun. Ging sogar nicht mehr auf die Toilette. Selwyn rief den Arzt. Nein. Er konnte nicht helfen. Er holte sich Rat bei Mrs. Burns, die sich mit Reverend Brassington in Verbindung setzte, der ihnen mitteilte, sie sollten alles veranlassen, sie auf dem frühestmöglichen Wege nach Hause zu schicken. Mrs. Brassington nahm das Boot hinauf. Sie und Ella waren unter den Passagieren, als es zurückkehrte. Ella war auf dem Weg nach Hause. »Seelenraub nimmt so viele verschiedene Formen an«, sagte die Weiße Henne, als es ihr gelang, die einzelnen Teile der Geschichte ihrer Adoptivtochter zusammenzusetzen.

Ella hatte ihre Geschichten gut erzählt, und Selwyn hatte gut zugehört. Die Brotfrüchte sahen aus wie Brotfrüchte und die Brotfruchtbäume wie Brotfruchtbäume. Die Sternäpfel waren hübsche glänzende Kugeln, einige purpurrot, einige grün. Man konnte sie essen. Die Rosenäpfel waren da, winzig und hellgelb, und es gab köstliche

Mangos. Aber dieses Grove Town, in dem Selwyns Stück spielte, musste der fruchtbarste Ort in der ganzen Welt sein und einer, der keine Jahreszeiten kannte. Es gab Brotfrüchte zur gleichen Zeit, wie es Sternäpfel gab, zur gleichen Zeit, wie es Mangos gab. Selwyn wusste nicht, dass Ostern die Zeit der Sternäpfel war, Mittsommer die der Mangos und das Ende des Sommers die Brotfruchtsaison war. Wusste überhaupt nichts. Es war unnatürlich, und es erschütterte Ella, doch alles, was ihre gequälte Seele bemerkte, war: »Alles trägt Früchte außer mir.« Monate später wurde daraus das: »Er hatte allem Früchte gegeben, nur mir nicht.« Heute Abend schaute sie sein Stück an. Alle waren sie da. Anita, Mammy Mary, der Lehrer, Miss Amy, Miss Gatha, der Baptistenpriester, Ole African. Alle Leute aus Grove Town, die Ella gekannt hatte, waren da. Wie ein alter Soldatenstiefel waren sie gewichst, angefeuchtet, noch mal gewichst und blank poliert worden. Die Schwärze ihrer Haut glänzte auf der Bühne, nur durch das Weiß ihrer Augen und die weiße Kreide um ihre Lippen belebt. Die Haare aller waren in Zöpfchen geflochten und standen ab, und alle trugen die Stofffetzen, von denen sie ihm erzählt hatte, dass Ole African sie trug. Ella stöhnte. Wo war Mammy Marys kühle, leicht gebräunte Kartoffelhaut? Die Hauptrolle hatte ein weißhäutiges Mädchen. Ella war der Star. Er hatte sie mit wallendem blonden Haar ausgestattet. Unsere Heldin wurde von ausgestreckten schwarzen Händen gejagt, die nach ihr grabschten und von ihr abrutschten, und sie wurde gezwungen, Purzelbäume zu schlagen, während sie die ganzen *Caribbean Nights and Days* hindurch ihr Ziel verpassten. »So war es nicht gewesen«, flüsterte sie vor sich hin. Und das waren die letzten Worte, die ihr für einige Zeit über die Lippen kamen. Doch lange Unterhaltungen zwischen ihren verschiedenen Ichs fanden in ihrem Kopf statt. Meistens waren es Anklagen.

»Er hat alles genommen, was ich hatte. Hat damit gemacht, was er wollte, und mir nichts zurückgegeben.« Selwyn saß auf der Anklagebank. Dann wandte sich das Kind, dem beigebracht worden war: »Sprich die Wahrheit und sprich sie immer / Koste es was es wolle / Wer das Falsche verbirgt, was er tat / Tut immer noch das Falsche«, gegen sie:

»Du warst es, der ihn alles hat wegnehmen lassen. Du hast ihm alles gegeben.«

Woraufhin sie zu ihrer Verteidigung antwortete: »Aber als ich es ihm gab, wusste ich noch nicht mal, dass es mein war und alles was ich hatte«, und dann wurde die andere wirklich zornig auf sie: »Wie konntest du das nicht wissen? Maultier. Mit Scheuklappen auf. Du hast nicht zugehört, du hast nichts verstanden.«

Nun, sie so zu nennen – Maultier –, war für Ella zu der Zeit sehr schlimm, und sie wurde wütend und versuchte sich die Haare auszureißen, etwas, das sie nie jemandem angetan hatte, geschweige denn einem ihrer eigenen Ichs.

»Maultier? Wen nennst du Maultier, du Mulattin«, und sie zog an den langen, geglätteten Haaren.

Dann war sie zerknirscht und sagte sich: »Ich bin böse gewesen, und zwar von Anfang an. Ich sollte besser beten, dass der Herr Jesus zu mir kommt und mich reinwäscht.« Aber sie wollte ihn nicht in der richtigen Form und durch die richtige Tür einlassen. Er konnte nur als das Baby Jesus kommen, in ihren Uterus, die vollen neun Monate, nach Fötusart zusammengerollt und jederzeit dazu bereit, zur Welt gebracht zu werden.

Erst dann sprach sie mit ihrem Mann:

»Mammy Marys Mulatten Maultier muss Umstandsklei-
der haben.«

Sie sagte es schnell:

»MammyMarysMulattenMaultiermussUmstandsklei-
derhaben.«

Sie sagte es langsam:

»Mammy Marys Mulatten Maultier muss Umstands-
kleider haben.«

Sie sang es. Sie sagte es in Absätzen. Sie sagte es immer
wieder. Ella war wirklich ausgeflippt. Selwyn war zu Tode
erschrocken.

13

Es war Reverend Brassington, der Ellas Mutter mit ihrem Stiefvater verheiratet hatte. Die Baptistenkirche war in ihrer Nähe, und sie liebten Reverend Simpson und hätten sich gerne von ihm in seiner Kirche trauen lassen, doch das hätte schlecht ausgesehen. Ella lebte zeitweise bei den Brassingtons, und Mrs. Brassington besuchte das Haus jede Woche. Es würde schlecht aussehen, zu heiraten und sie nicht darum zu bitten, es zu tun. Außerdem war es Taylor, der ihr Pferd beschlug, also würde es doppelt schlecht aussehen. Und dann sagte der Reverend, er könne es nicht machen, außer sie würden anfangen, zumindest einmal im Monat seine Kirche zu besuchen, und dann Schritte unternehmen, seiner Gemeinschaft beizutreten. Schön, das würde bedeuten, dass sie nach Morant Bay gehen mussten, alle beide, an einem Sonntag im Monat. Das war nicht so schlimm. Taylors Kinder lebten nicht bei ihm und sonst auch niemand, also hielt ihn nichts in seinem Haus und von der Kirche oben in Morant Bay fern. Ella war sonntags dort oben, und Mary hatte niemanden sonst außer ihr, also würden die beiden, sie und Taylor, nichts dabei verlieren, wenn sie sich einmal im Monat auf den Weg nach Morant Bay machten. Keiner von beiden besuchte die Kirche regelmäßig, doch Taylor sagte, es sei Zeit für sie, sich einer Kirche anzuschließen. Er selbst hatte an die Baptisten gedacht. Was sollte ihn daran hindern, doch zu den Baptisten zu gehen, selbst wenn er Reverend Brassingtons Gemeinschaft beigetreten war? Die Leute jagen einen nicht aus der Kirche, und am allerwenigsten würde Reverend Simpson das machen. Wenn man alles bedachte, dann war es eigentlich kein großes Hindernis, den Methodisten beizutreten und in dieser Kirche in Morant Bay getraut zu werden.

Und diese Sache hatte auch ihre angenehmen Seiten. Wie oft hatten Taylor und Mary denn je in ihrem ganzen Leben einen Anlass, sich schick zu machen und an einem Abend miteinander auszugehen? Also zogen sie sich jetzt fein an und begaben sich auf den drei Meilen langen Weg zur Kirche. Der Pfarrer schien ziemlich erfreut und sagte dann, sie könnten jetzt zur Fragestunde kommen, und wenn er dann mit ihnen zufrieden war, könnten sie in die Gemeinschaft aufgenommen werden, und er würde ihr Aufgebot aushängen, und sie könnten in allem Ernst anfangen, ihre Hochzeit zu planen. Also verbrachten sie jetzt nicht nur ihre Zeit damit, am Sonntagabend zur Kirche zu kommen, sondern auch am Mittwochabend zur Fragestunde. Nur sie beide und der Reverend nahmen daran teil. Mary und ihr Zukünftiger. Sie wussten, dass der Pfarrer diese besondere Sitzung nur für sie abhielt, weil sie heiraten wollten. Keiner von ihnen konnte es sich leisten, an einem Tag nicht zu erscheinen. Wie würde das denn aussehen? Also musste Mary einige ihrer Bananentransporte aufgeben, um Zeit dafür zu haben. Aber Taylor sagte, das sei in Ordnung: Sie könnte sich schon mal dran gewöhnen, keine Bananen mehr für ihren Lebensunterhalt zu tragen, denn nach der Heirat würde das aufhören.

Reverend Brassington fand, dass ihre Treffen allein eine gute Sache waren. Aus eigenen persönlichen Gründen. Maydene ging so oft zu diesem Ort hinunter, und das beunruhigte ihn. Es schien, als richte er das Gleichgewicht wieder her, wenn zwei von ihnen an seinen Ort kamen, wenigstens ab und zu. Aus einem praktischen Gesichtspunkt war es ebenfalls gut, denn sie konnten ihn darauf aufmerksam machen, sollte es irgendeine Gefahr für Maydene geben. Außerdem lebte ihr Kind in seinem Haus, und wenn es sich zwischen ihnen hin und her bewegen sollte, wie er Maydene hatte sagen hören, dass es geplant sei, dann musste er in Kontakt mit diesen Leuten bleiben, um zu wissen, was aus Grove Town an seinen Tisch getragen wurde. Also waren Mary und Taylor eigentlich zwei Bauern im Kampf des Reverend um Grove Town. Was nicht heißen soll, dass er sich ihrer daher weniger als zweier Seelen bewusst war, die bekehrt werden sollten, als bei jemand anderem, der nicht mit seiner Adoptivtochter verwandt war und nicht aus dem verflixten Ort kam. Er war sich ihrer sehr bewusst als Individuen, die viele Fragen hatten. Er sagte sich sogar, dass sie als wahre Christen geboren seien. Nur warteten die beiden auf die richtige Hand, die ihnen in die Gemeinschaft hoch half.

Mary und Taylor hatten nicht zusammengelebt und lebten auch jetzt nicht zusammen. Vielleicht hätten sie das getan, wäre Mary nicht nach Morant Bay gegangen und mit dem Baby eines weißen Mannes im Bauch zurückgekommen. Reverend Brassington wusste das nicht und stellte keine Fragen, die ihn darüber aufgeklärt hätten. Er sah nur zwei Leute – einen Mann und eine Frau in ihren frühen und späten Dreißigern aus Grove Town, die nicht in Sünde gelebt hatten und heiraten wollten. Darin sah er eine ernsthafte Anstrengung, den Geboten Gottes zu folgen. Er fragte nicht, wie viele Kinder Taylor hatte oder mit wie vielen Frauen er gelebt hatte. Dieser Taylor hatte in der Tat nie in

Sünde gelebt, doch er hatte unzählige Kinder und daher auch unzählige Male unehelichen Geschlechtsverkehr gehabt. Der Reverend fragte nicht danach. Der Reverend wollte es nicht wissen. Er konnte es jedoch nicht vermeiden, über Marys Sünde Bescheid zu wissen. Sie war jetzt Teil seines Haushalts. Doch das konnte man kaum als Sünde bezeichnen. Der Reverend hatte über diese Sache lange nachgedacht. Wie konnte eine schwarze Frau wirklich Eva sein, wenn der Gott des Gartens die Karten so gemischt hatte, dass sie nicht »Nein« sagen konnte? Was den Reverend betraf, so war Mary unberührt und auch ihr Verlobter. Sie waren ein Paar, das einen Versuch unternahm, das versuchte, den Lebensstil Grove Towns abzuschütteln. Sie strebten danach, das erste Gebot im Buch des Reverend einzuhalten, von dem alle Gesetze und die Propheten abhingen. Und daher fand er es so unfair, dass Maydene versuchen wollte, sich in die Beobachtung des Exotischen zu verstricken und dabei ihr Kind etwas aussetzte, von dem er sicher war, dass beide versuchen sollten, sich davon fern zu halten.

Als Maydene ihm über ihr Zusammentreffen mit dem alten zerlumpten Geisterbeschwörer berichtete, hielt Reverend Brassington Rat mit sich selbst, entschloss sich, dass er eine moralische Pflicht dem verlobten Paar gegenüber hatte und dass er höchstpersönlich Ella aus Grove Town herausholen und von den Studien seiner Frau fern halten würde. Dann erzählte Maydene ihm von den Ereignissen am Miss-Gatha-Tag, und das brachte die Entscheidung. Reverend Brassington war auf dem Weg zum Frühgottesdienst in Yallahs, als er mit den Trommlern zusammentraf, ihren Trommeln und ihren Bündeln. Er bemerkte sie, erkannte ihre Bedeutung und schüttelte insgeheim seinen

Kopf: »Meine Leute. O meine Leute. Irgendwo wird dieser Deckel hochfliegen, und die Hölle wird ausbrechen.« Als er zu seinem Sonntagsessen zurückkam, war das Seufzen und Stöhnen in vollem Gange. Es war nur schwach in Morant Bay, aber nicht so schwach, dass ein Ohr, das an Trommeln und solche Dinge gewöhnt war, es nicht vernehmen konnte. Reverend Brassington kannte sich mit solchen Dingen gut aus. Er erfasste das Geräusch – Grove Town – und er war sich sicher, dass er Recht damit hatte, Ella von dort ganz fortzuholen. Dann trug Maydene noch ihr seltsames Erlebnis zu der Geschichte bei.

Jetzt beunruhigte ihn nicht nur die Geschichte, sondern auch die Erzählerin. Nicht länger nur Wissen, sondern auch aktive Teilnahme. Maydene versuchte ihm zu erklären, dass ihr in Miss Gathas Tabernakel ein neues Ich enthüllt worden war – sie hatte tatsächlich »Tabernakel« gesagt – und dass sie auf der Veranda des Lehrerhauses eine Stufe höher gestiegen sei in Gegenwart der Holness und des Reverend Simpson. Es war ihr enthüllt worden, so sagte sie ihm, dass ihr Name und ihre Aufgabe die »Weiße Henne« waren und dass sie mit Reverend Simpson gearbeitet hatte und noch weiter zusammenarbeitete, der Mr. Dan war; dass Miss Gatha Mutter Henne war und der Geisterbeschwörer Master Willie; sie waren ein Team gewesen, und das waren sie immer noch. Sie konnte ihm nicht sagen, wie ihr dieses Wissen zugeflossen war und warum diese Namen; nur dass es so war. Das Merkwürdige daran ist, überlegte der Reverend, dass es ihr ernst ist. Es schien, als erlebe seine Frau eine frühe Menopause, und die griff ihr Hirn an. Sie war schon immer seltsam gewesen. Dieses Herumspazieren in der Nacht. Aber es war dieses Seltsame an ihr, was sie ihm so lieb machte, was es möglich gemacht hatte, sie vom feuchten kalten Norden auf den ausgetrockneten Lehmboden dieser Gemeinde in St. Thomas zu bringen. Aber das war jetzt zu viel Seltsames. Und es brachte Unfairness mit sich. Es war nicht fair, wenn Maydene in diesem Zustand das Kind zu sich nahm; es war nicht fair für das Kind und ihre Verwandten. Ella musste schnurstracks weg bis auf Weiteres aus Maydenes Einflussbereich.

Maydenes Seltsamkeit war auf einen Bereich ihres Lebens konzentriert – das Spirituelle. Es zeigte sich hauptsächlich bei ihrem Beten. Seit der Nacht ihres Treffens mit dem Geisterbeschwörer hatte sie begonnen, um fünf Uhr morgens und um acht Uhr abends zu beten. Jetzt, wo sie die Weiße Henne war, betete sie auch am Mittag. Doch trotz dieses neuen Verständnisses ihrer selbst war Maydene als Ehefrau unverändert. Maydene war immer noch die Herrscherin des Hauses. Chorhemd und Soutane, Hemd, Unterhose, passende Messgewänder, Schuhe, alles wurde wie üblich hergerichtet, damit William es tragen konnte, und was für seine Reisen eingepackt werden musste, war am Zielort immer da. Maydene war immer noch dazu bereit, ihn bei jedem Anlass, bei dem er nicht selbst zugegen sein konnte, zu vertreten. Es war nur die Weiße Henne. Da sich sonst nichts verändert hatte, glaubte William natürlich, dass die Angelegenheit, Ella aus dem Pfarrhaus zu bekommen, genauso gehandhabt werden würde wie alle anderen Angelegenheiten zuvor. William würde eine Verstimmung vortäuschen. Ernst dreinblicken. Seufzer ausstoßen. Maydene würde fragen:

»Ist was nicht in Ordnung, Liebster?«

Er würde weiterhin seufzen und sagen: »Nein. Aber...«

»Komm schon, William, sprich's aus. Es gibt kein Problem, das wir bis jetzt nicht gelöst hätten.«

»Es ist eigentlich nichts, Maydene. Etwas, das ich eigentlich selbst erledigen sollte.« Ein bisschen Schweigen und mehr Seufzen. Er würde die Augen verdrehen und weiterreden: »Schein's einfach nicht hinzukriegen.«

Und sie würde weiter bohren: »Nun, lass uns drüber reden. Fang irgendwo an, und wir sehen dann, ob es Gestalt annimmt.«

»Na, man könnte sagen ... Ja. Es ist Ella. Du weißt, dass ich ihre Eltern inzwischen gut kenne.«

»Ja.« Maydene wartet auf eine Erläuterung, aber es kommt keine. »Nun, was ist denn mit ihnen, William? Meinst du, weil du sie kennen gelernt hast, wirkt sich das auf dein Gefühl für Ella aus?«

»Ja, May. Das wollte ich sagen.«

»Nun, und wie wirkt sich das darauf aus, wie du Ella jetzt siehst?«

»May«, William, jetzt schneller und voll Leidenschaft. »Ich bin nicht ganz sicher, ob wir genug für dieses Kind tun.« Und bevor die Sitzung vorüber war, würde es aussehen, als ob Maydene ihm die Ansicht aufdrängte, dass Ella in ihrem eigenen Interesse und dem ihrer Eltern das Pfarrhaus verlassen und irgendwo außerhalb seines Einflusses und dem von Grove Town eine Ausbildung erhalten sollte. Maydene würde sich dann als Nächstes damit beschäftigen, alles zu arrangieren, während ihr Mann sagte, als habe er nichts mit dem Problem und seiner Lösung zu tun: »May, glaubst du, dass wir das Richtige tun?« Und er würde sämtliche ihrer alten Argumente vorbringen: »Kannst du die Trennung ertragen? Du hast dich so darauf gefreut, noch eine Frau im Haus zu haben, und du hattest so viel Vergnügen mit ihr. Ich weiß das. Aber mach, was du für richtig hältst.« Und Maydene würde tun, was er wünschte.

Dieses Mal war es anders. Er seufzte. Er zog sich zurück. Er schaute sie verstohlen an und schaute wieder weg. Aber Maydene schien keine Notiz von ihm zu nehmen. Das machte dem Reverend richtig Angst. Dann sah er sie ganz genau an und bemerkte, dass seine Frau nachdachte. Ihre eigenen Gedanken. Ihr Geist stand nicht bereit, um seine Befehle entgegenzunehmen. Vielleicht, wenn er sie schütteln würde, wäre es möglich, die gewohnte Reaktion zu erhalten. Angenommen, zum Beispiel, er würde geradeheraus sagen: »Maydene, Ella braucht eine Veränderung.« Sie würde ihn fragen: »Was bekümmert dich wirklich, William?« Und sie würde sich daran machen, die Einzelheiten herauszufischen wie ein Arzt, der eine Wunde sorgfältig reinigt.

William sagte wirklich: »Maydene, Ella braucht eine Veränderung.« Was Maydene antwortete war: »Ich stimme dir zu. Du hast einige gute Kontakte in Port Antonio. Ich meine, du solltest sie in Anspruch nehmen.« William wusste, dass sie wusste, was in seinen Gedanken vor sich ging. Er erkannte, dass sie diesmal den Umweg verweigert, die Sache kurz geklärt hatte und gegangen war. Was konnte er tun? Was konnte er sagen? Er sagte nichts, und auch er hätte sich entscheiden können, nichts zu unternehmen, doch über was würden sie später sprechen und wie? Daher kümmerte er sich weiter, wie sie gesagt hatte, um seine Kontakte in Port Antonio, erzählte ihr danach von allen Anstrengungen, die er unternommen hatte. Sie unterstützte seine Entscheidungen völlig. Ellas Schuluniformen wurden genäht; sie wurde nach Kingston gebracht, um mit diesem und jenem ausgestattet zu werden, worüber Frauen Bescheid wussten, doch Ellas Abreise aus dem Pfarrhaus blieb ein Projekt von William.

William wusste nicht, was er mit dieser denkenden, betenden Maydene anfangen sollte, die weiterhin die beste Frau der Welt war, aber eine, deren Geist, so schien es, zu einem Körper gewachsen war, der wie ein Ersatzteil in dem Körper, den er kannte, aufbewahrt wurde und der von Zeit zu Zeit zu einer Versammlung ging oder – sie sagte, sie spreche mit anderen. Gnädiger Vater! Ein Hexensabbath. Gott sei gedankt für das wissensdurstige Paar. Newton James und Mary Riley. Warum um alles in der Welt nannten die Leute ihn nur Taylor? Wie auch immer . . ., sie waren faszinierend. So verständig. Und besonders James. Was für ein Gefühl für den Diskurs er hatte. Der Mann hätte Anwalt werden sollen. Mit Mary und Taylor zusammen zu sein war für Reverend Brassington ebenso frustrierend wie faszinierend. Was für einen Verstand sie hatten! Aber den Text zu lesen, war für sie die reinste Qual. Sie kämpften sich von einem Wort zum nächsten. Aber wenn sie die Bedeutung verstanden, war es ein Vergnügen zu sehen, wie sie mit den Ideen darin zurechtkamen. Der Reverend begann, ihnen vorzulesen. Sie wussten alles über die Geburt und die Leiden des Herrn. Er musste das nicht mit ihnen durchgehen. Doch sie sollten etwas über den Heiligen Paulus erfahren, und so wie ihr Verstand arbeitete, würde es spannend werden, ihnen die Lehre des Apostels nahe zu bringen. Er las ihnen Paulus' Abhandlung über die Liebe vor und seine Abhandlung über die Funktionen der Teile jedes Organismus und sprach mit ihnen darüber. Als sie anfingen, den Text und seine Argumente auf ihr Leben anzuwenden, überlief es William kalt, und Gänsehaut bildete sich unter den vielen Yards von Baumwolle, die Pfarrer tragen mussten, und seine Maydene kam ihm in den Sinn. Wie konnte er auch anders, als sich an seine eigenen Vorbereitungen zu erinnern und an das Gefühl, das sich zwischen seiner Liebe und ihm bewegte, wenn der Mann seine Verlobte ständig »May« nannte? Als sie über den »Glauben« sprachen, wurde William klar, dass er sich, ganz gleich wo er die Kraft dazu finden würde, mit Maydene aussprechen musste.

»Glaube ist die Überzeugung von dem, was man nicht sieht.« Er führte sie zurück zu Jesus Christus; zu der Tatsache, dass Er von Anbeginn an gewusst hatte, was geschehen würde; wie Er trotzdem weiter gelebt und gearbeitet hatte; wie Er in Gethsemane seine zukünftigen geistigen und körperlichen Schmerzen so klar erkannt hatte und wirklich ins Schwanken geraten war, doch stark in Seinem Glauben, dass es eine andere Welt gebe, war er bereit gewesen, die Qual zu durchstehen. »Wir Christen sterben mit dem Herrn und erstehen mit Ihm von den Toten auf: es gibt eine andere Welt und einen anderen Staat als der, den ihr um euch seht. Wir haben diesen Glauben.« Jetzt sauste Maydene ihm auf dem sprichwörtlichen Besen im ganzen Kopf herum. Das war es doch, was sie sagte: »Es gibt eine andere Welt neben derjenigen, die du kennst. Ich bin dort gewesen. Ich werde nicht meine tatsächlich gemachten Erfahrungen abstreiten.« Er hatte sie beten sehen. Er nahm an, dass Reverend Simpson auch am Beten gewesen war. Er wusste nicht, was er von dem Mann halten sollte, der, so sagte sie, versucht hatte, die Seele des Mädchens zu benutzen. Er glaubte, dass das Mädchen wirklich krank gewesen war.

Böse Geister befallen Menschen tatsächlich und können ausgetrieben werden. Das war in den Werken des Herrn. Der Mann ist gestorben, und dem Mädchen geht's gut. All das ist wahr. Aber der Geisterbeschwörer und die verrückte Frau und diese Sache mit den Namen... Weiße Henne, Dan und was auch sonst noch. Er würde mit Maydene sprechen und sie dazu bringen, ihre Gedanken mit ihm zu teilen. Dann dachte er etwas, was er noch nie zuvor gedacht hatte: »Diese armen Jünger. Wie brachten sie es nur fertig, dass jemand daran glaubte, der Körper unseres Herrn habe sich selbst hinweggezaubert? Donnerwetter noch mal!«

William blieb am Rande der Ereignisse. Er half seiner Frau beim Beten, und eine Menge Beten war notwendig. Ihre Klientel war so groß. Die meisten wussten noch nicht einmal, dass sie ihre Klienten waren, doch es wirkte. Er sah, wie es wirkte. Er schaffte es auch, seinen Hut öfter vor Reverend Simpson zu ziehen. Er hatte schon immer großen Respekt vor ihm gehabt. Jetzt war er sogar noch größer. Er hatte den Fall diplomatisch gelöst. Das Andenken an seinen früheren Diakon blieb unangetastet, und die Kirche war noch intakt. Wollte er Maydene Glauben schenken, dann war er nicht nur taktvoll, sondern auch ein weit entwickelter Geist. Schön. Er wusste es nicht. Er sagte weder ja noch nein dazu. Nur fand er immer noch, dass der Mann für ihn zu hart zu nehmen war. Miss Gatha faszinierte ihn, und er begann ihr Lächeln wahrzunehmen. Den zerlumpten Geisterbeschwörer Master Willie, der nach Maydenes Beschreibung Schmutz zu lieben schien, hatte er nicht gesehen, und er hoffte, dass es dabei bleiben würde. Zwischen ihm und Maydene herrschte eine Waffenruhe. Ein neues Verständnis eigentlich, und das gefiel ihm. Seltsam, wie sich das zeigte! Und er strahlte über den ganzen Körper. Glücklicherweise hatten sie sich gerade in ihren neuen Persönlichkeiten zurechtgefunden, als ihm die Bürde aufgelegt wurde. Es war zweifelsohne seine. Da gab es keine Frage. Es war Maydene, die sich anbot, Ella abzuholen. Er war darauf vorbereitet, selbst zu gehen. Doch das, worauf sie ihn hinwies, stimmte, die Angelegenheit schien einige Aspekte aufzuweisen, die eine weibliche Hand erforderlich scheinen ließen.

Die Weiße Henne erhob ihr mehr als ausreichendes Hinterteil. Sie streckte ihren Hals, so lang wie sie konnte, schaute hierhin und dorthin. Sie sah sich sogar das Stück an. *Caribbean Nights and Days* war gutes Theater. Es war eine Nigger-Show auf höchstem Niveau. Sie sprach mit ihrem Schwiegersohn. Er beabsichtigte, das Stück durch eine Verfilmung unsterblich zu machen. Natürlich war er ein Mann, der auf Geld aus war, der sich jetzt nicht mehr aufhalten ließ: Ellas Seele, und damit die von Grove Town, würde auf Zelluloid eingefangen werden, damit die ganze Welt es für immer und ewig sehen könnte. Es gab keine direkte Möglichkeit, dagegen anzukämpfen. Sie kümmerte sich besser um das, weswegen sie gekommen war. Ihre Tochter war angeschwollen, der junge Mann sagte, sie sei nicht schwanger; er habe sie seit geraumer Zeit nicht mehr auf diese Art berührt. Und überhaupt war die Schwellung plötzlich gekommen. Die Ärzte meinten, sie könnten nicht helfen. Die Weiße Henne sah, dass dies kein gewöhnlicher Fall war. Sie brauchte Hilfe. Sie kamen.

Willie: Es hat einen Kopf, aber es kann nicht nicken.

Mutter Henne: Haare, aber es kann sie nicht kämmen.

Dan: Kehle, aber es kann nicht trinken.

Mutter Henne: Beine, aber es kann nicht treten.

Dan: Es ist eine Puppe.

Sie machten sich über sie lustig. Es war eine Puppe gewesen in jenen längst vergangenen Tagen, die auf Mr. Joes Hof gefunden wurde, wo sie damals alle lebten. Die Weiße Henne erinnerte sich wieder daran. »Da gab es noch einen anderen«, überlegte sie gerade, als Mr. Dan sagte: »Ja. Es ist Zeit, Percy herzurufen.« Ja, Percy, den Hahn. Die Weiße Henne erinnerte sich.

Mass Cyrus sagte, sie solle das Kind herunterbringen. Er würde sehen, was er machen konnte. Seine einzige Bedingung war, dass der Vater und die Brüder, wenn sie da waren, auch kommen mussten. Er erklärte: »Den Körper zu heilen ist einfach. Einklang mit denen zu erreichen, die sie erreichen muss, und jene mit ihr, das ist das Schwere an der Sache. Die Familie muss auch kommen.«

Die Jungs waren zu Hause. Maydene hatte überhaupt nichts dagegen, dass sie mitgingen. Und William, das wusste sie, würde gehen. Aber würde er sich dagegen wehren, dass die Jungs auch gingen? Das überließ sie ihm, wie sie es dieser Tage mit vielem gemacht hatte: »Aber das ist Williams Angelegenheit. Er muss damit zurechtkommen.« Und er kam damit zurecht.

14

Die Köchin sagt, es roch wie zwanzigtausend tote Ochsen-
frösche, so ein Gestank, der aus dem Körper dieses Kindes
entwich. Das musste die Hand des Mannes bewirkt haben,
sagt die Köchin zu sich. Dann das, was aus ihr rauskam!
Von grauer Farbe, sagt die Köchin. Die Köchin sagt, sie
wundert sich, dass ein Körper so viel Zeug in sich haben
konnt. Hätt man glatt draufstehen und Kuba sehn können,
sagt die Köchin. Und sie fragt sich, was das arme kleine
Ding denn jemand getan hat, dass die ihr das antun. Sie tut
mir so Leid, kann's gar nicht sagen! Konnt es nicht für sich
behalten. Musst sich doch an Miss Maydene wenden und
sie das fragen: »Was hat denn die arme Ella jemand getan,
dass die ihr das angehängt haben?« Die Dame wendet sich
ihr zu und sagt: »Es ist nicht immer das, was jemand macht;
manchmal tut man sich selbst was an.« Nur das. Die Frau
hängt sich doch sonst immer sofort in jedermanns Angelegenheiten rein, aber frag sie nur mal nach ihrem eigenen
Kram ... *cananapoo*, da hörst du nur Schweigen. Aber der
Mann und die zwei Jungs, die hättet ihr mal sehen sollen!
Sind ganz schön rumgesprungen, sagt die Köchin. Sagt,
wenn sie nicht wüsst, was sie weiß, würd sie denken, das
Kind sei vom Mann, so wie der sich um es kümmert. Und
dann sieht sie ihm auch so ähnlich! Dieselbe Hautfarbe.
Dieselbe Art von Haaren.

Reverend William Brassington war weit darüber hinaus,
sich zu fragen, was der alte Einsiedler gemacht hatte. Maydene hatte gesagt, dass die Ärzte in Amerika an ihr verzwei-

felt waren – recht vernünftig: Schwarze Beule oder Würmer ... was sonst könnte es sein? War ein tropisches Problem – und dass sie zu diesem Mann namens Cyrus gebracht werden sollte. In dem Zustand, in dem er sich befand, hätte er alles getan, was ihm irgendjemand gesagt hätte, solange es Heilung versprach. Sie hatten gesagt, die Jungs sollten mitkommen, also waren die Jungs mit ihm gegangen. Als er sich auf den Weg machte, den engen Pfad entlang, wo seine Jacke sich ab und zu in stacheligen Baumästen verhakte, machte er sich Gedanken über Saul und die Hexe von Endor, aber es machte keinen Unterschied. Ihm war Heilung versprochen worden. Er ging weiter. Und er war durch dieses seltsame Land zurückgekommen und fühlte sich ganz normal. Das einzig Bemerkenswerte, was ihm aufgefallen war, war der Einsiedler selbst gewesen. Es war seltsam genug, wenn jemand in der Gesellschaft von Bäumen lebte. Aber wie ist er so weltlich geworden, dass er sich für seine Heilungen mit Land bezahlen lässt? Und die Heilung? Offensichtlich eine Kräuterbehandlung. Daran war nichts Unorthodoxes. Die Wissenschaft der Homöopathie war alt. Er hatte Vertrauen in das gründliche Wissen des Kräuterarztes über sein Gewerbe. Welche Kräuter er auch kombiniert haben mochte, sie hatten gut gewirkt und in der angegebenen Zeit. Was für ein Gestank das gegeben hatte! Und die Blähungen. Wie der Klang eines nie enden wollenden Nebelhorns. Er hatte mit dem Mann diskutiert. Versucht, ihm eine Theorie über die Ursache abzuringen. Wenn es nicht schwarze Beule oder Würmer waren, was dann? Aber es hatte keinen Zweck. Keine Antwort. Der Bursche weigerte sich einfach zu reden. Sicherlich ein ungewöhnlicher Kerl.

Seine Gemeindemitglieder und ihre Versuche, ihn zu erreichen, ließen William Brassington vor sich hinschmunzeln:

»Ach Pfarrer, Sie halten sich jetzt wohl Kühe. Bestimmt haben Sie eine verlorn und nichts gemerkt. In ein Sinkloch gefallen und tot. Wir haben's gerochen, so'n Gestank, Pfarrer. Oder hatt sich vielleicht erhängt, Pfarrer, denn wir haben ein Geräusch gehört, Pfarrer. Wie die letzten Trompeten, Pfarrer. Ich bin so sehr erschrocken, kann's gar nicht sagen! Doch ich mein, das is 'ne Kuh, die sich erhängt hat oder in 'nem Loch erstickt is. Kommt von Ihnen rüber. Was isses denn, Pfarrer?« Oder:

»Pfarrer, es scheint, das Schulklo muss gemacht werden. Der Gestank ist überall zu riechen. Und da war ein Geräusch zu hören, Pfarrer, wir können's immer noch nicht begreifen.« Der Reverend lächelte vor sich hin: »Wie wenn ein *Backra*, ein weißer Herr, Abführsalz nimmt.« Er erinnerte sich an Worte aus seiner eigenen Kindheit. Er erinnerte sich daran, was damit gemeint war, »wenn ein *Backra* Abführsalz nimmt«.

»Was für ein Problem«, dachte er. »Einige von ihnen haben sich bestimmt gewünscht, sie könnten fragen: ›Pfarrer, hat jemand bei Ihnen Abführsalz genommen?‹, aber sie wussten nicht, wie sie die Rituale überwinden sollten, die sie sich selbst aufgezwungen haben. Oder vielleicht sehen sie mich auch so und mein Haus als das eines *Backra*.« Und er lachte in sich hinein, half ihnen aber nicht aus der Klemme, denn er wusste, dass sie alle über Ellas Krankheit Bescheid wussten und vermuteten, dass der Gestank und das Geräusch mit ihr zu tun hatten, und doch konnten sie nicht fragen: »Wie geht's Ella?« Er war jetzt mit etwas anderem beschäftigt. Er sah mehrere *Backras* vor ihren Häusern auf den Bergen. Er sah die einfachen Leute – Schwarze, Sklaven vielleicht –, die im Tal zusammengedrängelt wohnten, von den großen Häusern der *Backras* auf den Bergen umgeben. Er dachte an das reichhaltige Essen, das die *Backras* aßen. Er dachte an jene *Backras* mit ihren voll gestopften Bäuchen, in jeder plumpen rechten Hand ein Glas, die alle zur gleichen Zeit Abführsalz nahmen. Dann der Krach und der Gestank. Wie ein Armageddon in klein. Er lachte so sehr, dass er vom Pferd steigen und sich an einen Baumstamm lehnen musste.

»Das ist was«, sagte er und wischte die Lachtränen aus den Augen. »Und Ella geht's besser.«

Sie hatte studiert. Sie war an fernen Orten gewesen. Sie hatte etwas zu geben. Sie hatten Beziehungen. Also fanden sie eine Arbeit für sie. Ella würde helfen, die Kinder einer A-Klasse zu unterrichten, und den oberen Klassen beim Nähen helfen. Sie nahm niemandem eine Arbeit weg. Lehrer Holness hatte es während all der Jahre nicht geschafft, jemanden dazu zu bringen, ihm zu einem weiteren fest angestellten Lehrer zu verhelfen, obwohl er dies und jenes versucht hatte. Amy hatte ihm gesagt, er solle sich keine Sorgen machen, und sagte das immer noch, selbst als sie den Fluss überquert hatte, und er hatte aufgehört, sich zu sorgen. Also machte es ihm jetzt nichts mehr aus, wer was machte oder wie oder warum. Es war ihm recht. Sie hatten Anita geholfen, das Lehrer-Institut zu besuchen, und das war gut. Jetzt wollten sie etwas für Ella. Das war auch gut. Das machte ihm gar nichts aus. Es gab sicher eine Menge, was sie anderen beibringen konnte, und außerdem unternahmen sie nun Schritte, um der Schule eine höhere Einstufung zu verschaffen, denn sonst konnten sie nicht die zusätzliche Stelle bekommen, um Ella einzustellen. Eine höhere Einstufung der Schule hatte er die ganze Zeit erhofft. Gott ging wirklich seltsame Wege, um sein Ziel zu erreichen, wie Amy gesagt hatte. Was war da zu tun, außer Dank zu sagen? Daher fand sich Ella unter dem Mandelbaum im Schulhof von Grove Town wieder, mit vierzig siebenjährigen Jungen und Mädchen in ihrer Cambrai-Schuluniform, die Füße mit Kokosnussöl eingerieben und ihre Gesichter begierig darauf, etwas zu lernen, über Percy, den Hahn, Master Willie, Mr. Dan und ihresgleichen, die auf Mr. Joes Farm lebten.

Ungefähr ein Jahr vor dem Krieg war es, als Ella ihr Gedicht vorgetragen hatte. Den ganzen Krieg hindurch geschah irgendetwas mit ihr. Jetzt – das Ende des Krieges war etwa ein Jahr alt – kam Ella nach Grove Town zurück und war dieselbe vor sich hinstarrende Person, die zuvor dort gelebt hatte. Nur war sie jetzt Miss Ella, die neue Schullehrerin, die im Ausland gelebt hatte und mit einem schlimmen, schlimmen Wasserbauch zurückgekommen war. Dieses Mal hatte ihr Starren ein klareres Muster. Sie tat etwas, brauchte dazu ihre ganze Energie, dann hielt sie für einige Momente inne, um zu starren. Als sei ein Dirigent in ihrem Kopf – eins, zwei, drei, starren; eins, zwei, drei, starren. Sie schrieb voll tiefster Konzentration ihr »A« an die Tafel, und dann starrte sie nach draußen. Unter dem Mandelbaum, wo die Lesestunden stattfanden, zog sie dann ein kleines Schulkind auf ihren Schoß, nahm den Zeigefinger seiner rechten Hand und führte ihn entlang der Buchstaben und Wörter, während sie diese aussprach. Dann folgte die ganze Klasse, die Zeigefinger ihrer rechten Hände glitten unter den Wörtern entlang, und ihre Stimmen versuchten, mit Miss Ella Schritt zu halten.»M-a-s-t-e-r, Master. Master Willie rollte sich im Schlamm. ›Wie nett‹, sagte er.« Dann starrte Ella, und die ganze Klasse von vierzig Kindern starrte mit ihr. So wie Miss Ella es tat, die darauf lauschte, was die Erde auf das, was sie machte, zur Antwort gab.

Dann kam der Tag, an dem sie alleine unter den Mandelbaum zurückging und sich dort mit dem Buch in der Hand hinsetzte. Am gleichen Abend ging sie Reverend Simpson besuchen. Sie hatte einfach das Gefühl, dass sie ihn sehen müsste, sagte sie ihm. Sie mochte es nicht, wie Percy und Master Willie von den anderen Tieren behandelt wurden, sagte sie ihm.

»Reverend Simpson, haben Sie dieses Buch gelesen?«

»Könnte ich nicht sagen, Miss Ella. Es wurde nicht benutzt, als ich zur Schule ging, doch ich habe Kinder geprüft und sie Teile daraus vorlesen hören«, sagte der Reverend zu ihr.

»Sie behandeln sie als minderwertige Wesen, die keine Hoffnung auf Wachstum haben, Reverend Simpson.«

»Und das stört dich?« fragte der Reverend.

»Ja. Aber fragen Sie nicht, wieso, denn ich weiß es nicht.«

»Noch nicht«, fügte er für sie hinzu.

Das Gespräch schien vorüber zu sein. Der Reverend wollte sie schnell zur Tür hinausbekommen, doch sie gab nicht nach.

»Sonst noch was?«, fragte er in der Hoffnung, dass seine Frage sie dazu anspornen könnte, ihre Gedanken in Worte zu fassen. Doch die Zeit fürs Starren war gekommen, und er konnte nichts machen, außer zu warten.

Endlich kamen die Worte: »Gestern wurde auf der ganzen Farm eine bestimmte Nachricht von Mund zu Mund verbreitet und von Ohr zu Ohr mit der Anweisung: ›Erzählt Percy und Master Willie nichts davon, denn sie sind bös, bös, bös.‹ Sie haben das Buch nicht gelesen, daher wissen sie nicht, dass die eigentliche Nachricht nie erzählt wird. Punkte sind dort, wo die Nachricht stehen sollte. Aber Reverend Simpson, diese kleinen Kinder, die ich unterrichte, die noch nie zuvor in der Schule waren, kennen alle die Nachricht. Zusammen mit allen anderen auf Mr. Joes Farm wissen es diese Kinder. Und außerdem wissen sie, dass sie es Percy und Master Willie nicht sagen sollen, denn sie sind bös, bös, bös.« Sie starrte. Er wartete.

»Die Kinder werden zur Mittäterschaft angehalten«, fuhr sie fort. Der Reverend hatte das Gefühl, als solle er sie ihm erzählen lassen, was die Nachricht war, aber darum ging es ihr nicht. Außerdem, würde er sie danach fragen, dann würde er sie wieder zum Starren bringen, und er wollte einfach, dass sie das, was sie zu sagen hatte, sagte und dann ging. Also sagte er, was er zuvor gesagt hatte, dieses Mal mehr als Aussage denn als Frage: »Und du weißt immer noch nicht, warum es dir etwas ausmacht.«

Das Starren ging gerade wieder los. Er stand auf, ging zu ihr, ergriff ihre Hand und ließ sie mit den Worten aufstehen: »Das ist eine außergewöhnliche Beobachtung, die du da gemacht hast. Denk drüber nach und komm dann zu mir zurück.« Er ging mit ihr zur Tür, beobachtete, wie sie die Stufen hinabging, und schloss dann die Tür.

Er war wie ein Mann, den es wegen dem Drang zum Pinkeln beinahe weggerafft hätte. Der seine Hose nicht schnell genug aufbekam. Wie ein Hund, der einen wertvollen

Fund aufspürte und nicht wusste, ob er bellen oder winseln, stillstehen oder umherspringen oder in welche Richtung er seinen Hals strecken sollte. Dieser sprang nun auf und ab und im Kreis herum, scharrte ein paar Mal herum und fiel dann auf seinen Stuhl, trat dabei mit seinen Füßen in die Luft, und rief: »Percy, Willie, sie denkt nach. Habt ihr sie gehört?« Dann nahm er Witterung auf, sprang noch etwas mehr herum und murmelte hinter zusammengebissenen Zähnen.

»Es gibt Hoffnung. Es gibt Hoffnung. Es gibt Hoffnung. Willie, meine Arbeit kann getan werden.«

»Beruhige dich, Dan«, sagte Willie.

»Aber Willie«, sagte Dan, »du hast sie gehört. Wie kann ich ruhig sein? Hat sie nicht zwei Dinge auf einmal erkannt? Die ersten beiden Prinzipien des Seelendiebstahls – lass sie spüren, dass sie gar nicht wachsen können. Verkrüpple sie. Percy und Master Willie sind verkrüppelt. Lasst sie denken, ihre Begabtesten seien die Dümmsten. Entfremde sie. Percy und Master Willie müssen separiert werden, sollen so tun, als seien sie . . . «

»Der Nigger, der Hanswurst«, kam Percy zur Hilfe.

»Und wo ist diese kleine Katze, die am Ausland erstickt ist?«

Dan war glücklich. Er beobachtete ihn einfach mit einem Lächeln auf dem Gesicht. Der Mann hatte verstanden.

»Wo? Wo? Wo?«, machte Percy gut gelaunt weiter und schlug Dan auf die Handfläche: »Das Gegengift, Mann«, sagte er und stieß mit seinem Schnabel nach Dan. Der streckte seinen Hals nach Willie aus, denn es war eigentlich seine Idee gewesen. Dann sangen sie beide: »Das Gegengift, das Gegengift, die Weiße Henne macht chick, chick, chick.«

Doch Dan war's, der in der Schusslinie blieb. Perce war so gütig. Er erkannte das an. Er drehte sich um, verbeugte sich vor Dan, scharrte ein bisschen nach Hühnerart und sang: »Und keiner wusste je, dass du es warst. Mach weiter so, mein Dan. Nur weiter so, mein Mann. Chick, chick, chick, Kongo, ja.«

Ein paar Monate später, rief er sie auf seine übliche aufgeregte Art an. Sie hörten: »Pinya, der Falke kommt herab. Pinya, der Falke kommt herab.« Und sie sahen ihn, wie er in seiner schwarzen Robe hoch in den Himmel sprang, sich in der Luft umdrehte und auf seinen Füßen landete, wie ein Schulmädchen, das den Falken spielte, während eine Reihe ihrer Freundinnen vor ihr im Zickzack herliefen, wie eine Henne, die ihre vielen Küken beschützt. Sie sahen zu, wie er das Drama mit Worten und Handlung weiterspann. Er sprang, er drehte sich, er scharrte, als wolle er versuchen, seinen Knochen zu finden. Er beugte seinen Rücken und schaute in diese und jene Richtung, suchte beim Pfeiler, um das Wertvollste der Küken zu finden. Sie waren an Dans Mätzchen gewöhnt, also warteten sie ab. »Das wird gut werden«, dachten Mutter Henne und Weiße Henne, also machten sie eine Pause – Maydene beim Silberputzen und Miss Gatha bei der Feldarbeit –, um Dan zuzusehen und seine Mitteilung zu hören.

»Und ich will ein Küken, und ich kann kein Küken bekommen.« Dann war er wieder am Springen und sich Drehen.

»Pinya, der Falke kommt herab. Und ich will ein Küken, und ich muss ein Küken bekommen. Das Küken mit der braunen Haut, das dicke, dicke Küken. Pinya, der Falke kommt herab.«

Genau da schaltete sich Maydene ein, mit ihrer üblichen schwerfälligen Ungeduld: »Also, ist sie endlich zu dir gekommen.«

Reverend Simpson beantwortete ihre Frage nicht. Er schaute sie nur böse aus den Augenwinkeln an. Doch er musste sich wieder beruhigen und mit seiner Nachricht zu Ende kommen. Langsam kam er wieder zu sich: »Whitehall, England, hier komme ich.« Dann erzählte er ihnen von seinem letzten Zusammentreffen mit Ella.

Samstags machte Ella ihren Plan für die kommende Woche. Lehrer Holness hatte ihr beigebracht, wie. Schreib zuerst das Fach auf, um das es geht – Lesen. Schreib den Titel der Lektion auf, die Seite im Buch und den Namen des Buches. Dann schreib die wichtigsten Punkte der Lektion auf, die du den Kindern vermitteln willst. Danach schreib die Methode auf, mit der du den Kindern diese Punkte vermitteln willst. Um den Plan fertig zu stellen, war es natürlich erforderlich, dass sie die Lektion im Buch zuvor gelesen hatte. Also las Ella sie. Die Lektion beschrieb den Streik auf Mr. Joes Farm. Miss Peg, die Eselin, war es leid, geritten zu werden, ohne dass sie um Erlaubnis gefragt wurde; Mrs. Cuddy missfiel es, dass ihr die Milch weggenommen wurde: Sie hätte sie lieber ihrem Kalb gegeben. Mutter Henne und Weiße Henne fühlten denselben Unmut über die willkürliche Entfremdung von dem, was ihnen gehörte. Niemand fragte sie, ob sie auf ihren Eiern sitzen und mehr Küken produzieren wollten. Stattdessen wurden ihre Eier kurzerhand weggenommen und von Mr. Joe und Benjie und den anderen in seinem Haus aufgegessen, die aufrecht auf zwei Beinen liefen. Die beiden Damen waren schon sehr lange verärgert gewesen.

Mr. Grumps, der Ziegenbock mit dem schrecklich-schrecklichen Kinn, hatte von Anfang an geschimpft. Sein erster Einwand befasste sich mit dem Angebundenwerden, und er hatte sich tagein tagaus darüber beschwert, mit seinem »Mäh-äh, mäh-äh, mäh-äh«. Daraufhin hatten sich die Nachbarn beschwert, und Mr. Joe ließ ihn manchmal los, um das Ausmaß des Ärgers zu verringern, und nur manchmal band er ihn fest. Sein tiefer liegender Groll war folgender: Von ihm mit seinem wunderbaren Bart und seiner Baritonstimme, die er beide fleißig pflegte, konnte, wenn Mr. Joe das für richtig befand, einfach verlangt werden, eine sie zu bespringen. Was sollte das? Er grummelte ständig vor sich hin und war andauernd schlecht gelaunt, sodass noch nicht einmal die Tierwelt, viel weniger noch die Menschenwelt, sich mit ihm anfreunden wollte. Master Willie wollte nicht gebadet werden. Sein Geschäft war, wie er es sah, die Erde zu reinigen, und wo bitte passte da Baden rein? Doch er sagte das nur zu Percy. Niemand würde glauben, er sei ein Geschöpf, das eine Beschwerde hatte: Er war ständig am Lachen, rannte überall herum und vollführte alle Arten von Possen – der reinste Clown.

Percy, der Hahn, und Mr. Dan, der lebhafte Mischlingshund, alberten mit ihm herum. Sie konnten nichts finden, was sie sonst machen sollten. Percy kannte seinen Vater nicht. Mutter Henne, seine Mutter, von der er etwas lernen sollte, war ständig damit beschäftigt, Eier zu legen und zu bebrüten und ihre Kinder sauber zu halten. Er konnte keine Eier legen; er konnte sie nicht ausbrüten; er hatte keine Kinder, die er sauber halten konnte. Was gab es da für ihn zu tun? Was gab es für einen heranwachsenden Gockel zu tun? Irgendwo in seinem Kopf hatte er eine verschwommene Vorstellung davon, dass er etwas beschützen sollte, dass er wegen etwas krähen sollte. Aber was war das? Mr. Joe und Benjie erledigten das Aufpassen hervorragend; Mutter Henne, seine Mutter, und die Küken, seine Geschwister, flehten ihn nicht um seinen Schutz an, also was sollte er schon machen? Genauso war's mit Mr. Dan. Er wusste, er sollte etwas bewachen. Aber was war es denn, was er bewachen sollte? Mr. Joe und Benjie schienen alles richtig zu machen, also spielte er einfach den ganzen Tag lang den Narr, stahl Benjies Schuhe, versteckte sie und trieb sich mit Percy und Master Willie herum. Doch irgendwo, irgendwie fühlte diese Gesellschaft, dass Mr. Joe und Benjie sie zur Untätigkeit verdammt hatten, und das missfiel ihr. Also hatten alle ihre Beschwerden. Es gab jedoch keine Meuterei auf dieser Bounty, daher wusste Mr. Joe noch nicht mal, dass auf seiner kleinen Farm nicht alles voll Friede und Liebe war. Dann sagte Miss Peg eines Tages: »Ich bin es leid und mehr noch, ich bin es leid, es leid zu sein, auf Plätze zu gehen, bei denen mich niemand fragt, ob ich hingehen will.« Und ohne nach rechts oder nach links zu blicken, ging sie gradewegs durch das Tor, das Benjie aus irgendeinem Grund hatte offen stehen lassen. Und die anderen, voll eigener tief sitzender, unausgesprochener Verärgerungen, folgten ihr. Endlich einmal lächelte Mr. Grumps und schloss sich der Gruppe an. Ella lächelte auch. Dann las sie weiter.

Kaum war eine Woche vergangen, kamen sie langsam wieder zurück. Ella war fuchsteufelswild. Benjie hatte, als er endlich den Exodus bemerkte, angeboten, nach ihnen zu suchen und sie nach Hause zu bringen. Immerhin war es wegen seiner Unachtsamkeit geschehen. Und Farmtiere waren so teuer. Mr. Joe hatte seinen Hut hochgeschoben und sich am Kopf gekratzt. Er sah so niedergeschlagen aus, Benjie hätte sich am liebsten geohrfeigt.

»Ich vermisse sie«, hatte er Benjie gesagt, als ob der das nicht wüsste. »Es ist einsam ohne sie.« Er hatte sich auf einen Baumstamm gesetzt und den Kopf geschüttelt. Armer Mr. Joe. Eine Bildunterschrift ohne Text! Benjie fühlte sich wie der schmutzigste kleine Fetzen von Fußabtreter, den es je gegeben hatte.

»Nein«, sagte er. »Sie werden zurückkommen. Sie werden Mais brauchen und Gras. Und schauen Sie sich doch nur die Ställe und Käfige an, die ich ihnen gebaut habe. Meine Vögel werden nicht lange auf einem Baum wohnen und können Sie sich vorstellen, dass Mrs. Cuddy und Miss Peg länger als eine Woche im Tau schlafen? Jemand könnte sie stehlen, das stimmt. Diese Gefahr besteht. Aber sie würden ihren Weg hierher zurück finden. Niemand sonst kümmert sich so um sie wie ich. Bald werden sie das einsehen und zu mir zurückkommen.«

Ella war am Kochen. »So eine Frechheit«, sagte sie so laut, dass die um sie herum fragten, worum es in dieser Lektion ging. Aber Mr. Joe behielt Recht.

Das Leben war eine Zeit lang glücklich. Sie lachten und redeten, erzählten sich Geschichten und fragten einander, was sie davon abgehalten hatte, schon früher wegzugehen. Keiner konnte sich vorstellen, was das war. Ein Platz draußen war so einfach zu finden gewesen, und jeder von ihnen hatte sich zurechtgefunden. Unabhängigkeit war süß. Miss Peg und Mrs. Cuddy hatten ein grünes Feld gefunden, und sie grasten und grasten, wie es ihnen gefiel. Doch eines Tages sahen ihre Gefährten sie auf sich zulaufen, verfolgt von einem Mann mit einem Stock. Percy und Master Willie lachten. Wie lustig es war, diese ehrwürdigen Damen rennen zu sehen. Miss Peg und Mrs. Cuddy wurden wieder jung. Das gab Hoffnung. Vielleicht lernten sie auch zu lachen. Aber Miss Peg und Mrs. Cuddy fanden das nicht lustig. Voll Scham ließen sie den ganzen Tag über ihren Kopf hängen, und weder Muhen noch Eselsgeschrei waren zu hören. Deprimiert, beschämt. Stellt euch mal vor, für Diebe gehalten zu werden! Es war ihnen vorher einfach nicht eingefallen, dass das ganze Gras nicht etwa jedem gehörte.

Der Verlust der Unschuld traf alle, doch nicht ganz so dramatisch. Die Weiße Henne und Mutter Henne hatten nie gelernt, nach Würmern zu scharren, daher aßen sie nichts, obwohl sie von Essen umgeben waren. Mais und Kokosnuss, aufgeschnitten, geschält und gerieben, daran waren sie gewöhnt, und sie hatten genug in ihrem Kropf, um drei Tage zu überstehen, doch als die drei Tage um waren, begannen sie mit Miss Peg und Mrs. Cuddy zu fühlen. Sie verfielen nicht in schweigsame Depression. Sie wurden wild. Sie rannten auf und ab und gacker-gackerten. Die Witzereißer wussten, wann ein Witz nicht mehr witzig war. Wie kann man Leute aufziehen, die deprimiert sind? Also ließ auch das glückliche Trio den Kopf hängen. Mr. Grumps hielt sich von allen anderen fern: Er wollte nicht ihre negativen Schwingungen spüren, sagte er. Aber da er sich weigerte, deprimiert zu sein, war er so vereinzelt, wie er zuvor auf Mr. Joes Farm gewesen war. Das deprimierte ihn. Der Gemeinschaftsgeist, den er lieb gewonnen hatte, war am Verschwinden. Was war denn dann der Zweck der ganzen Anstrengung? So plötzlich, wie ihr der Gedanke gekommen war, sie solle Mr. Joes Farm verlassen, und so plötzlich, wie sie diese auch wirklich verlassen hatte, genauso plötzlich verließ Miss Peg auch ihr Exil. Denn jetzt war der Exodus zum Exil geworden. Sie hob ihren Kopf, zog ihre Zähne zurück, stieß ein langes Iah aus – hehahaha-hehahehaheha – und dann verschwand sie. Und die anderen folgten ihr.

Benjie war überrascht. Mr. Joe schimpfte mit keinem. Als könne er Benjies Gedanken lesen, sagte Mr. Joe: »Sie sind müde und hungrig, Benjie. Mach das, was du zu tun hast.« Und Benjie fütterte sie, half dieser zu ihrer Koppel und jener zu ihrem Pferch und dem anderen zu seiner Weide und so weiter. In kürzester Zeit war das Leben auf der Farm wieder so, wie es immer gewesen war, und niemand schien sich daran zu erinnern, dass es einen Exodus gegeben hatte, bis auf Ella, an die sie ihre Depression weitergaben. Die Jungs waren besorgt, sie würde wieder in einer Zeit versinken, an die sie sich nicht erinnern wollten. Ihre Reaktion war erschreckend unangebracht, fanden sie. Sie konnten nicht erkennen, was sie an der Geschichte so sehr deprimierte. Die Augen von Reverend Brassington traten hervor und seine Lippen zuckten. Seine Frau schaute ihn an und dachte: »›Weißes Kaninchen.‹ Sollte er sich uns je anschließen, dann wäre er das wahrscheinlich.« Dann überlegte sie noch mal: »Nicht weiß genug. Da gab es noch den Mungo. War der dunkelrot genug?« Dann ließ sie ihn stehen und ging zu Ella. Auf ihre kurze, barsche Art gab sie ihre Anweisung: »Ella, du hast bis Sonntag . . . bis morgen Abend Zeit, um wieder zu dir zu kommen.«

Dann ging sie ins Schlafzimmer. Reverend Brassington folgte ihr. Seine Augen traten vor, und sein Lächeln war gezwungen, so sah er in der Tat wie ein Nagetier aus – Kanin-

chen oder Mungo –, und er konnte es kaum abwarten, bis
die Tür geschlossen war.

»Maydene, sie ist so schlau. Wie oft habe ich Schulen in-
spiziert und sie dieses Stück lesen hören und es nie verstanden. Sie ist scharfsinnig, May.«

Seine Frau sah in an, als wolle sie sagen: »Und was soll
das Ganze?«

Er plapperte weiter: »Erkennst du das nicht, Maydene?
Es ist eine negative Lektion. Sie hat das verstanden. Ich er-
kenne das, May. Und es geht mir jetzt wie ihr, ich möchte
diese Lektion nicht mehr unterrichten.«

Maydene holte ihn auf den Boden der Tatsachen zurück:
»Und was würdest du am Montagmorgen machen, William,
wenn du einen Job hättest, den dir jemand mit Mühe ver-
schafft hat, für den du bezahlt wirst, was würdest du machen mit vierzig kleinen Kindern, deren Eltern Opfer gebracht haben, um sie zu dir zu schicken, damit sie etwas lernen? Hm? Sag's mir. Nein. Sag's mir nicht, William, sag's
Ella.«

Sie fand, sie klinge hart, daher fing sie noch mal an, langsam, geduldig und so einnehmend, wie ihr nüchternes Wesen es ihr erlaubte: »Ich sehe ihren Standpunkt, deinen
Standpunkt, William. Da gibt es ein Problem. Das gelöst
werden muss. Wie sie, mehr als ich vielleicht, fühlst du es.
Könntest du nicht mit ihr daran arbeiten und einen Weg
finden, es zu umgehen.«

Reverend Brassington dachte eine Weile nach, dann fiel
ihm etwas ein, und er fragte: »May, du sprichst doch so oft
mit Simpson. Das ist die Art von Problem, die ihn interessieren würde. Hat er je über diese Sache mit dir gesprochen?«

Maydene antwortete nicht, und er fuhr fort: »Wäre gut zu hören, was er zu sagen hat.«

Maydene musste ihr Gesicht senken, um ihr Lächeln zu verbergen.

15

Es wurde langsam Mitte Januar, und zu dieser Abendzeit war es besonders kalt. Ella hatte in ihrer Eile, das Haus zu verlassen, versäumt, einen Schal mitzunehmen. Alles, was sie dabeihatte, waren zwei lange Arme, und diese benutzte sie nun, um ihren Busen zu verhüllen, während sie mit den Handflächen die Unterarme rieb. Sie war auf dem Weg zu Reverend Simpson. Das letzte Mal, als sie dort war, schien er es eilig zu haben, sie aus dem Haus zu bekommen, aber das könnte wegen der Predigt gewesen sein, die er schreiben musste. Vielleicht war sie dieses Mal schon geschrieben. Sie hoffte, dass es so war, denn sonst gab es niemanden, an den sie sich wenden konnte. Mammy Mary und Taylor wären bestimmt nicht die Richtigen. Sie würden Angst bekommen. Der Lehrer? Er war ihr Vorgesetzter, und wenn sie ihm bestimmte Fragen stellte, würde sie die Beziehung zwischen ihnen in der Schule stören. Er kam auf keinen Fall in Betracht. Es musste Reverend Simpson sein, ob er wollte oder nicht, denn eine Lösung musste gefunden werden, und zwar schnell. Ella wollte nicht dahin zurück, wo sie gewesen war, und all dieses Nachdenken, ohne eine Lösung zu finden, könnte sie wieder dorthin bringen. Es bestand die Möglichkeit, dass sie es alleine fertig brachte. Das würde bedeuten, sich die Sache durch den Kopf gehen zu lassen, sie herumzudrehen und nachzudenken, sie herumzudrehen und nachzudenken. Es würde eine lange Reise bedeuten mit vielem Starren, und sie mochte es kein bisschen, nach Hause zu kommen und zu spüren, dass die Leute sie heimlich ansahen und befürchteten, sie werde wieder verrückt. Dieses Risiko konnte sie nicht eingehen. Und außerdem, woher sollte sie die Zeit nehmen? Tante Maydene hatte ihr nur bis Sonntag Zeit gegeben. Sie trieb einen immer so an, aber ihre Strenge machte Sinn. Sie sollte sich da wirklich rausreißen, und zwar schnell.

Reverend Simpson ließ ihr keine Zeit, herumzudrucksen und zu stottern und zu starren. Er fragte sie geradeheraus: »Also, Mrs. Ella«, sagte er, wie er sie manchmal liebevoll nannte. »Du hast einige Antworten für mich.«

Und schon stürzte es aus ihr heraus: »Das größte Problem ist Folgendes: Es gibt Alternativen. Warum werden sie in diesem Buch nie aufgezeigt? Nehmen wir mal den Streik, Reverend Simpson.« Und, da er ihr das letzte Mal gesagt hatte, er habe das Buch nicht gelesen, erzählte sie ihm die Geschichte des Streiks. »Alle Tiere lebten ursprünglich ohne die Anleitung durch Menschen. Warum konnten nicht zwei Hennen, ein Schwein, ein Hund, eine Kuh, ein Esel und eine Ziege für immer und ewig glücklich in den Wäldern leben? Wir haben doch Katzen bei uns in den Häusern und wir wissen, dass sie jedes Jahr zurzeit der Avocado-Ernte alleine weggehen. Sie leben ohne uns, oder etwa nicht, Reverend Simpson? Entspricht es nicht ihrer Natur, ohne einen Herrn, der nicht von ihrer eigenen Art ist, zu leben? Dann werden in diesem Buch unnatürliche Wesen geschildert, oder etwa nicht?«

Reverend Simpson legte seinen Ellenbogen auf die Armlehne seines Stuhls und bedeckte seinen vollen Mund mit den Fingern: »Und ist das der Grund, Miss Ella, weil sie als unnatürlich wiedergegeben werden, dass dieses Werk dich beleidigt? Oder ist es ein besonderer Aspekt dieser Unnatürlichkeit, der dich verärgert? Tiere können nicht sprechen. Ich höre nicht, dass du damit nicht einverstanden bist. Oder hast du auch daran etwas auszusetzen. Lass uns die Sache klarstellen.«

»Tiere können sprechen. Wir verstehen nur nicht, was sie sagen. Das ist nicht mein Problem. Mein Problem, Reverend Simpson, ist, dass das, was sie in dem Buch zu tun und zu sagen haben, einfach dumm ist.«

»Dumm, Miss Ella? Die Besten von uns sind manchmal dumm, und einige von uns sind sogar ständig dumm. Das ist ebenfalls die Realität, das weißt du.«

»Aber Reverend Simpson, alle Tiere sind die ganze Zeit über dumm.«

»Ich verstehe.«

»Ja. Warum werden sie uns nicht manchmal als vernünftig gezeigt, was sie ja auch wirklich im wahren Leben zu bestimmten Zeiten sind und wozu sie bei mehr Gelegenheiten fähig sind, als wir ihnen zugestehen? Oder können wir uns etwa nicht vorstellen, dass Menschen, die nicht wie wir sind, vernünftig sein können?«

»Also hast du ein Problem mit der Einstellung des Autors.« Er kannte ihre Geschichte, war vertraut mit ihrem Schmerz. Ihr Streit galt einem bestimmten Autor, einem Mann namens Selwyn Langley.

»Sie haben Recht, Sir. Er hat seine Geschöpfen keine Wahl gelassen.«

»Hat ihnen das Vorhandensein eines angeborenen, wegweisenden Lichts in ihrem Inneren abgesprochen.«

»Und hat sie als Schwachköpfe herumlaufen lassen, die tun, was ihr Herr für sie vorbereitet hat. Percy und Master Willie können nur bös, bös, bös sein. Er gibt ihnen keinen Verstand. Er hat . . . «

». . . *Zombies* aus ihnen gemacht. Das ist das Wort, nach dem du suchst.«

»Was bedeutet . . . «

»Er hat ihnen das Wissen über ihre ursprüngliche und natürliche Welt weggenommen und sie als leere Hüllen zurückgelassen – *Duppies*, Zombies, lebende Tote, die nur dazu fähig sind, Befehle von jemand anderem anzunehmen und diese auszuführen.«

»Soll ich das etwa den Kindern beibringen, Reverend Simpson? Dass der Großteil der Welt aus Zombies besteht, die nicht selbständig denken können oder sich selbst um sich kümmern können, sondern um die sich Mr. Joe und Benjie kümmern müssen? Soll meine Stimme den Kindern, die mir vertrauen, so etwas erzählen?«

Reverend Simpson knetete seine Schenkel vor Aufregung, starb fast vor Verlangen, wie Polonius loszuschießen, um diese Unterhaltung zu wiederholen, doch er schaffte es, sich dazu zu zwingen, mit ruhiger Stimme zu sagen: »Nun, sag mir eines, Mrs. Ella, und das ist sehr schwierig für mich.« Und er schaute sie nicht an, als sei es wirklich eine so schwierige Frage, dass er ihr nicht in die Augen sehen konnte: »Bist du zu einem Zombie gemacht worden?« Er sprach das aus, dann richtete er sich auf, lehnte sich in seinem Stuhl zurück, schaute sie direkt an und fing an, Daumen zu drehen. Ella war verblüfft.

»Ich nehme an, zu einer bestimmten Zeit . . . , als ich krank war.«

Aber er meinte nicht diese Zeit, und er sagte ihr das: »Hör mal zu«, sprach er zu ihr. »Du hast einen Streit mit dem Autor. Er schrieb, so findest du, ohne sich bestimmter Dinge bewusst zu sein. Aber zwingt er dich dazu, ohne die-

174

ses Bewusstsein zu unterrichten? Muss deine Stimme das sagen, was seine Stimme sagt?«

Und damit stand er auf, und Ella wusste, das war für sie das Stichwort zu gehen. Sie trat hinaus in die dunkle Kälte. Sie musste ihren Lehrplan zu Ende bringen.

»Pinya, der Falke kommt herab. Pinya, der Falke kommt herab. Und ich will ein Küken, und ich muss ein Küken bekommen. Das Küken mit den braunen Haaren, das Küken mit den langen Haaren. Pinya, der Falke kommt herab.«

»Wir verstehen, was du meinst«, sagten sie.

Reverend Brassington unternahm früh am Montagmorgen einen Spaziergang. Er hatte einen großen Teil des Sonntags, selbst als er auf den Kanzel stand, damit verbracht, über eine Sache nachzudenken: Wie konnte er mit Simpson zusammenkommen? Ihm wurde klar, dass es nicht anders ging, als den Mann zu besuchen. Er würde schon nicht beißen. Also machte er sich auf den Weg nach Grove Town, fand das Haus des Mannes, klopfte, trat ein, erhielt einen Kaffee und sprach die Sache an:

»Sagen Sie mal, Simpson, haben Sie schon mal zuvor den Ausdruck ›Zombifizierung‹ gehört? Die Sache geht mir ständig im Kopf herum. Sie wissen, wie bestimmte Worte hängen bleiben?«

Reverend Simpson antwortete nur langsam. Was hatte das denn zu bedeuten?

»Ja«, sagte er, »ein Phänomen, das in Teilen Afrikas und in Gegenden wie Haiti und Brasilien häufig auftritt, habe ich gehört. Dort war ich nicht gewesen, aber ich habe Afrika erlebt. Menschen werden von dem Bereich ihrer selbst getrennt, der sie denken lässt, und nur das Fleisch bleibt zurück. Fleisch, das Befehle von jemandem annimmt. Ihr denkender Bereich wird genauso schändlich benutzt – ›unmoralisch‹ wäre womöglich das passendere Wort. Da kommt einem der leere Tempel in den Sinn, in den sieben Teufel einfuhren, schlimmer als Beelzebub selbst. In diesen Gesellschaften werden Personen ausgebildet, die diese Trennung und Einschaltung durchführen. Der Name, unter dem sie bekannt sind, könnte mit dem Ausdruck Seelendiebe übersetzt werden. Aber wieso interessieren sie sich für dieses Thema?«

Reverend Brassington war dabei, seinen Kopf zu klären. Er hatte diesen Hinweis auf Seelendiebe in Verbindung mit dem Gleichnis über Beelzebub schon mal gehört. Maydene pflegte öfter darüber zu reden.

»Ja«, sagte er vage, dann zielstrebiger: »Meine Tochter«, und er hatte das Gefühl, er müsse sich korrigieren oder etwas erklären, »Ella. Sie hat nachgedacht. Sie war an Orten, wo einige von uns noch nie waren, wissen Sie? Ich meine, mit ihrem Verstand. Intellektuell. Ich glaube, sie ist nun viel reicher. Aber darauf kommt es nicht an. Ella hat über eine Sache nachgedacht. Ich glaube, das war es, was sie in Angriff genommen hat. Dieses Konzept. Zombifizierung. Ich muss anderswo etwas darüber gelesen haben. Das Wort kommmt mir so bekannt vor. Egal. Ich denke, es täte ihr gut, die Sache zu verfolgen. Ich habe an Seminare gedacht. Wir sollten ihr ein größeres Publikum geben, das ihr Fragen stellen kann, und diese Fragen bringen dann ihre Ideen klarer zum Ausdruck, wenn Sie verstehen, was ich meine.«

Reverend Simpsons armes Herz klopfte wie verrückt. Hörte er richtig?

»Es würde mir das größte Vergnügen bereiten, dabei mitzumachen«, sagte er seinem Pfarrerkollegen.

»Es wäre jedoch gut für Sie und Ella, ein Programm aus-
zuarbeiten. Sie stehen ihr nahe. Sie wissen, welche Fragen
und welche Aspekte von Fragen diskutiert werden sollten.
Sie können mit meiner vollsten Unterstützung rechnen.«

Als er ging, verriegelte Reverend Simpson die Tür. Es
wäre auf keinen Fall angebracht, dass Reverend Brassington aus irgendeinem Grund zurückkam und ihn völlig
außer Rand und Band vorfand.

Er musste nicht rufen. Die Luftwellen waren voll mit
ihrem Summen. »Diese Weiße Henne«, dachte Mr. Dan,
»nimmt wirklich den Spruch ›Die Ersten werden die Letzten und die Letzten werden die Ersten sein‹ wörtlich. Sie
war die Letzte, die gefunden wurde, und doch ist sie die Erste, die ruft. Was hat diese überquellende Seele zu sagen?«
Das Wortspiel war mit Sarkasmus gewürzt, was nicht sein
üblicher Stil war. Sie kam singend durch. »Ein Seminar, ein
Seminar, ein geniales Seminar«, so sang sie. »Als Nächstes
werdet ihr Ellas Papiere ganz oben auf den Akten in Whitehall sehen, während die Unterstaatssekretäre mit den Köpfen nicken und sagen: ›Ja, ja, ja. Wir sind Seelendiebe. Wir
hätten es nicht machen sollen.‹«

Mr. Dan atmete schwer. Angestrengt versuchte er, sich
daran zu erinnern, dass die Weiße Henne einen Zweck
hatte. Dass er dazu neigte, es zu eilig zu haben, und dass es
ihre Aufgabe war, ihn einen Schritt oder zwei zurückzuho-
len. »Aber müssen es denn gleich fünf oder sechs sein«,
überlegte er. Er atmete tief ein, ließ den Atem durch seinen
ganzen Körper zirkulieren, beruhigte sich und sagte in ge-

messen, vernünftigen Tönen: »Weiße Henne, mehr als jeder von uns weißt du, dass das möglich ist. Unterlagen, die in den Kolonien veröffentlicht werden, müssen im Britischen Museum deponiert werden. Whitehall hat seine Spione. Es könnte geschehen, eh!« Die Weiße Henne scharrte ein bisschen herum, dann ließ sie sich mit gebeugten Knien ruhig nieder und balancierte ihre füllige Gestalt mit ausgebreiteten Flügeln wunderbarerweise auf den übereinander geschlagenen Beinen. Sie sagte nichts mehr. Blickte nur ständig von einer Seite zur anderen. Mr. Dan machte weiter. Sie war neu. Vielleicht wusste sie nicht, was er wusste!

»Aber das ist es nicht, was mich glücklich macht, Weiße Henne. Zwei Menschen haben es verstanden, Weiße Henne. Zwei besondere Menschen. Neue Menschen. Meine Menschen sind von sich selbst getrennt worden, Weiße Henne, durch mehrere Methoden, eine davon ist das gedruckte Wort und die Ideen, die es mit sich trägt. Jetzt haben wir zwei Menschen, die kurz davor stehen, das zu durchschauen. Und wer sind diese Menschen, Weiße Henne? Menschen, die vertraut sind mit dem Gedruckten und der Sprache des Gedruckten. Unsere Menschen fangen nun an zu verstehen, wie das Gedruckte und sie selbst gegen uns benutzt wurden. Jetzt. Weiße Henne, jetzt haben wir Menschen, die es können und die bereit dazu sind, Bilder vom Innern her zu berichtigen, zu zerstören, was zerstört werden soll, es durch das zu ersetzen, wodurch es ersetzt werden soll, und uns wieder zusammenzufügen, um uns das zurückzugeben, womit wir unseren Kurs bestimmen, um dahin zu gehen, wohin wir gehen wollen. Verstehst du das, Weiße Henne?«

Sie war halb am Schlafen und halb am Wachen. »Dieser Mr. Dan«, murmelte sie, »man muss ihn einfach ausreden lassen. Erregt sich zu leicht. Man muss ihn reden lassen, damit er seinen wirklichen Grund erkennt und sein Gebell richtigen Biss bekommt.« Und sie schlief fest ein.

Master Willie hatte mit zugehört. Dan erhaschte seinen Blick.

»Da ist deine Strategie am Werk, Willie. Noch ein Schritt«, sagte ihm Dan schmeichlerisch und hoffte, dass er dieses Mal etwas verschwenderischer mit seinem Lob umgehen würde.

Aber sein Beifall fiel nicht besonders aus. Er zitierte: »»Aber die kleinen Korallenarbeiter...«, ein Gedicht darüber, wie eine kleine Koralle über der anderen kleinen Koralle schließlich einen starken Felsen erschuf.

»Wie wahr, aber in einem Augenblick wie diesem«, sagte sich Dan, »war doch ein bisschen mehr Ermutigung erwünscht. Musste man jetzt wirklich hören, dass das erwachende Bewusstsein dieser neuen Menschen nur eine kleine Koralle war und dass eigentlich ein starker Fels geschaffen werden musste? Diese Arbeit«, fuhr Mr. Dan in seinen Gedanken weiter fort, »ist so schwer, so einsam.« Und er war kurz davor, den Schwanz zwischen die Beine zu klemmen und sich von dieser Henne und diesem Schwein wegzuschleichen, als er hörte, wie Percy sich einstimmte, sah, wie die Blumen und die Bäume in seinem Wäldchen sich aufreihten, wie ein Chor von Tänzern und Sängern, um ihn zu begleiten.

Percy nahm die Trompete von den Lippen, wischte sie mit dem großen weißen Taschentuch ab, das er um seinen Hals gebunden hatte, lächelte sein zahnloses Lächeln und streckte, um Ruhe bittend, seine Flügel aus und sagte dann: »›Ein Kurzschluss für die ganze Schöpfung‹, hab ich das gesagt? Dieses kleine Mädchen wird alles zusammenhauen und es wieder aufbauen, Mann.«

»Das war's, was er an Percy mochte«, grinste Dan vor sich hin. »Der Mann steckte voller Superlative. Da musste man sich einfach gut fühlen. Überlässt es den anderen, es auf die richtige Größe zurechtzustutzen.« Und er sprang auf und ab vor lauter Erleichterung: »Mein Mann, Perce«, und er schüttelte den Kopf von einer Seite zur anderen, verblüfft über all diese Liebe. »Komm rüber zu mir.«

Es war nicht nötig, das zu sagen. Percy flog schon herüber, seine Trompete schwang von seinem Flügel: *»Chick a bow, chick a bow, chick a bow wow wow.«* Und was fingen sie zu bellen und zu krähen an!

»Ja«, sagte Mutter Henne, die kaum ein Wort sprach:

> Verschiedne Rhythmen für verschiedne Zeiten
> Verschiedne Stile für verschiedne Gefilde
> Eines Tags werden die Gauner in Whitehall
> Dazu gezwungen, ihre Melodie zu ändern.

Dan schaute sie eine volle Minute lang von oben bis unten an. Er sprang nicht. Er drehte sich nicht um sich. Er wedelte noch nicht mal mit dem Schwanz.

»Ich liebe diese Dame«, sagte er.

Nachwort

»Half the story has never been told« – die eine Hälfte der Geschichte wurde noch nie erzählt – singen die Reggae-Musi-
ker Bob Marley and The Wailers in ihrem Lied *Get up,
stand up*, worin sie ihre Zuhörer aufrufen, nicht länger einfach nur abzuwarten, sondern um ihre eigenen Rechte, die
ihnen schon viel zu lange vorenthalten wurden, zu kämpfen. Auch in dem Roman *Alabaster Baby* ist dieser Aufruf
immer wieder zu hören.

Alabaster Baby entführt die Leser in die ersten Jahrzehnte des 20. Jahrhunderts, ermöglicht ihnen, einen Blick
zurückzuwerfen auf eine uns unbekannte, fremdartige
Welt, auf das Leben der Bewohner des ländlichen Bezirks
von St. Thomas im Osten Jamaikas. Entstanden ist dabei
alles andere als ein kuscheliger Heimatroman in exotischer
Umgebung. Ganz im Gegenteil: Wir erfahren zwar von
dem Zusammenhalt in einer Dorfgemeinschaft, aber auch
von den Missständen, die dort herrschen, und den Grau-
samkeiten der Bewohner gegenüber Außenseitern. Meer
und Strand, die touristische Hauptattraktion der Insel in
heutiger Zeit, werden mit keinem Wort erwähnt, stattdessen lesen wir vieles über Felder, Berge, Wälder, die unter-
schiedlichsten Baumarten, Unwetter, Flüsse und natürlich
die Menschen. Meistens die Art von Menschen, mit denen
Touristen selten in näheren Kontakt geraten: Bauern,
Handwerker, Priester und ihre Frauen, Schulkinder, Lehrer
und Lehrerinnen, kurz: das gemeine Volk.

Schon in einem Artikel von 1983 bezeichnete die Autorin Erna Brodber genau dieses als ihr Interesse: die ungeschriebene Geschichte der einfachen Leute Jamaikas aufzuzeichnen, die über das Interpretieren rein statistischer und materieller Fakten hinausgeht. Der offiziellen Geschichtsschreibung, die lange allein aus der Perspektive der ehemaligen Kolonialmacht England erfolgte, will sie eine alternative Geschichte entgegenstellen, die Geschichte der einfachen Leute, des Zusammenwachsens der verschiedenen Bevölkerungsschichten zu einem Volk, zu dem Jamaika der Gegenwart.

Erna Brodber wurde 1940 auf dem Land in Woodside, einem kleinen Ort im Bezirk St. Mary, geboren und ging zunächst in die örtliche Grundschule, in der ihre Mutter unterrichtete, bevor sie eine weiterführende Schule in der Hauptstadt Kingston besuchte. Dort begann sie zunächst mit dem Studium der Geschichte, später der Soziologie, studierte Sozial- und Kinderpsychologie an Universitäten in Kanada und den USA. Nach ihrer Rückkehr nach Jamaika 1968 arbeitete sie am Fachbereich Soziologie der University of the West Indies (UWI) in Kingston; ab 1974 war sie am Institut für Sozial- und Wirtschaftsforschung (ISER) tätig und rief 1983 das Forschungsprojekt »Black Space« in ihrem Heimatort Woodside ins Leben.

In ihren wissenschaftlichen Arbeiten beschäftigte sie sich von Anfang an mit dem Leben der Unterprivilegierten, untersuchte zum Beispiel das Phänomen der Kindesaussetzung in Jamaika, analysierte die Lebensverhältnisse in den Armenvierteln Kingstons und beschäftigte sich daneben unter anderem mit dem Zusammenhang zwischen Reggae-Musik und Identitätsbildung sowie dem Frauenbild in der

Karibik. Ihr bisher umfangreichstes wissenschaftliches Projekt war ihre Dissertation, in der sie 1984 achtzig Interviews der zweiten Generation von Jamaikanern nach der Sklavenbefreiung auswertete.

Ihre ersten literarischen Arbeiten, so äußerte sie in einem Vortrag von 1988, entstanden schon während ihres Studiums aufgrund ihrer Abneigung gegenüber den erlernten wissenschaftlichen Methoden, die Objektivität gegenüber und Distanz des Untersuchenden zu seinem Studiengegenstand verlangten. Sie begann, ihre Gedanken und Gefühle bezüglich der Lebensumstände ihrer Interviewpartner vor und nach ihren Befragungen aufzuschreiben, um diese Frustration zu verarbeiten. In den frühen 1970er-Jahren fing sie an, ihr Schreiben ernster zu nehmen, denn sie musste zum einen erkennen, dass auch innerhalb einer überwiegend schwarzen Bevölkerung rassistische Verhaltensweisen weit verbreitet waren, zum anderen fand sie sich in einem Freundes- und Bekanntenkreis wieder, in dem geschrieben und über eigene Texte diskutiert wurde, und dabei bemerkte sie, dass ihre Texte mit den anderen mithalten konnten. Entscheidend für das Schreiben ihres ersten Romans *Jane And Louisa Will Soon Come Home*, der 1980 erschien, war, dass sie als Unterrichtsmaterial für einen Psychologiekurs keine lokale Fallstudie auftreiben konnte. Anfangs behalf sie sich mit literarischen Texten der jamaikanischen Autoren Roger Mais und Orlando Patterson, dann schrieb sie selbst eine fiktive Fallstudie, die Urform ihres ersten Romans, die sie in Kopie im Seminar verteilte. Ihre Schwester, die Schriftstellerin und Erziehungswissenschaftlerin Velma Pollard, half ihr, einen Verleger zu finden. Der Roman fand sofort starke Beachtung, vor allem wegen seines provokativen Inhalts und seiner experimentellen Schreibweise.

Schon in *Jane And Louisa Will Soon Come Home* finden sich viele Elemente, die auch *Alabaster Baby* auszeichnen: Inhaltlich wird die Enge des Dorflebens beschrieben, der Neid auf begabte Kinder, die Bedrohung durch Zauberei, die sexuelle Belästigung junger Frauen, die Heuchelei bigotter Matronen, die Doppelbödigkeit der scheinbar heilen Welt, aber auch die politische Bewusstwerdung, das Finden von Gleichgesinnten, der Versuch, einen Neuanfang zu wagen. Auf formaler Ebene verwendet die Autorin verschiedene Genres – Kinderreime (schon der Titel des Romans zitiert englische *Nursery Rhymes*), Bibelzitate, Gedichte, Lieder, Gebete –, und ihr Reportagestil erschafft eine Art von Labyrinth, das erst durchlesen werden muss, um den Ausgang zu finden.

Alabaster Baby spielt in einer früheren Zeit als der erste Roman; der Handlungsort beschränkt sich fast völlig auf das ländliche Jamaika. Auch hier setzt die Autorin meisterlich die verschiedenen Ebenen des jamaikanischen Kreol ein. Diese Sprachform variiert stark, je nach Herkunft und Ausbildung ihrer Sprecher, aber auch je nach Situation, sodass man von einem Kontinuum spricht: Das eine Ende des Kreol steht dem britischen Standard so nahe, dass vielleicht nur Intonation und vereinzelte Worte ein fremdes Element hervorblitzen lassen. Am anderen Ende unterscheidet es sich jedoch in Grammatik, Wortgebrauch und Intonation derart vom Englischen, dass es eigentlich nur als eigenständige Sprache angesehen werden kann. Durch die Verwendung verschiedener Ebenen des Kreol schafft es Brodber, ohne weiteren Kommentar ihre Romanfiguren zu schildern, was im Deutschen, in dem es keine vergleichbare Sprachentwicklung gibt, leider nicht direkt wiedergegeben werden kann. Allein Anzeichen eines legereren Sprachgebrauchs durch Auslassung von Endsilben oder Stehenlassen von Originalausdrücken, die zumindest lautmalerisch einen Ausdruck des Gesagten vermitteln, zum Beispiel *Cananapoo*, was für »überhaupt nichts« steht, oder *Coolie Royal*, ein Ausdruck für Menschen, die von Afrikanern und Indern abstammen, können Hinweise auf das Kreol der Originalversion geben.

Durch direkte Ansprache werden die Leser in die Geschichte einbezogen, müssen, ähnlich wie Ella – eine der Hauptfiguren und das »Alabaster Baby« des deutschen Titels – die einzelnen Fakten sammeln, zum Beispiel die verschiedenen Charaktere mit ihren spirituellen Tierpartnern in Verbindung bringen, und können die Zusammenhänge so zwar nicht erleben, aber zumindest »erlesen«.

Der Roman *Alabaster Baby* bedarf, wie alle gute Literatur, eigentlich keiner Hintergrundinformation, um ihn lesen zu können. Einzelne Ausdrücke wie *Myal*, *Duppy*, *Black Star Line* lassen die Leser vielleicht jedoch stutzen, womöglich sind sie auch irritiert durch Tierfiguren, wie Percy, dem Hahn, und Mutter Henne, die untereinander auf telepathische Weise kommunizieren können und Gegenparts zu menschlichen Romanfiguren darstellen, die völlig unterschiedliche Leben führen.

Sicher ist es wichtig, sich die Zeit, in der der Roman spielt, zu vergegenwärtigen: Es sind die Jahre kurz vor, während und kurz nach dem Ersten Weltkrieg, die Zeit des Imperialismus, des Kampfs um die Weltherrschaft wie auch die Blütezeit des Kolonialismus. Die beiden im Roman zitierten Gedichte von Rudyard Kipling sind von dem Geist jener Zeit wahrlich durchtränkt. Jamaika war damals eine britische Kolonie, die Sklaverei war erst 1838 völlig abgeschafft worden und noch im allgemeinen Bewusstsein verankert. Nicht ohne Grund zitiert Mass Cyrus am Beginn des Romans aus einem Lied aus der Sklavenzeit – »Was soll'n Nigger bloß machen« –, in dessen weiterem Verlauf, der nicht mehr abgedruckt ist, zur gewaltsamen Befreiung aufgerufen wird.

Die endgültige Befreiung des Landes von kolonialer Bevormundung sollte jedoch noch Jahrzehnte lang auf sich warten lassen. Erst 1962 wurde Jamaika unabhängig. Bis dahin herrschten die Ungerechtigkeiten eines kolonialen Systems, im dem das Trauma der Sklaverei nie aufgearbeitet, sondern nur verdrängt wurde. Eine klare Hierarchie beherrschte das Leben der Bevölkerung. Je näher der englischen Kultur und Lebensweise man sich befand, umso höher das gesellschaftliche Ansehen, obwohl mehr als neunzig Prozent der Jamaikaner afrikanischer Herkunft waren und sind. Im Roman wird dieses in der Szene deutlich, in der Ella ihr Gedicht vorträgt, der anglikanische Pfarrer, der Vertreter der englischen Hochkirche, sitzt auf dem besten Stuhl, ihn versucht der Dorfschulmeister Jacob Holness zu beeindrucken. Der Baptisten-Priester Simpson beobachtet diese Szene und macht sich dabei seine eigenen Gedanken. Aus dem gleichen Grund kann Amy Holness beim unwillkommenen Besuch der englischen Frau des Methodisten-Pfarrers Brassington diese nicht aus ihrem Haus weisen, denn sie selbst ist nur eine schwarze Jamaikanerin, die Frau eines unbedeutenden Dorfschulmeisters, die sogar ein uneheliches Kind von einem anderen Mann hat.

St. Thomas, der Verwaltungsbezirk im Osten Jamaikas in der Morant Bay, wo der Wohnort des Methodisten-Pfarrers Brassington und das Dorf Grove Town liegen, ist von der Autorin mit Bedacht als Handlungsort gewählt worden. Die Gegend steht in dem Ruf, am stärksten die afrikanischen Traditionen bewahrt zu haben, denn hierher wanderten in den Jahren nach der Abschaffung der Sklaverei an die 8 000 Afrikaner ein, die aus dem Kongo kamen, während die Vorfahren der früheren Sklaven meist aus Westafrika verschleppt worden waren. Mit sich brachten diese Neueinwanderer ihre religiöse Traditionen, ihre Musik und ihre Sprache, von denen sie – anders als die früheren Sklaven – Gebrauch machen konnten, ohne von Bestrafungen bedroht zu werden. Viele dieser afrikanischen Elemente finden sich in der religiösen Bewegung *Kumina*, die hauptsächlich in St. Thomas verbreitet ist. Er ist ein Ahnenkult, in dessen Ritualen Gesang, Tanz und Trommelmusik eingesetzt werden, mit dem Ziel, dass die Geister der Vorfahren von den Tanzenden Besitz ergreifen. Abgehalten werden diese Rituale, um private Schwierigkeiten zu überwinden oder um familiäre Ereignisse wie Geburten, Hochzeiten oder Todesfälle zu begleiten. Vor allem bei Todesfällen sind die Rituale wichtig, da angenommen wird, dass der Geist eines Toten, der *Duppy*, sonst nicht zur Ruhe kommen kann und die lebenden Verwandten und Nachbarn heimsucht, meist, um ihnen zu schaden. Im Roman lassen sich in Miss Gathas Tanz viele Elemente einer *Kumina*-Zeremonie finden: die kreisförmige, gegen den Uhrzeigersinn gerichtete Bewegung der Tänzer, ihre Kleidung, das Stöhnen, die Trommelrhythmen, die bei Miss Gatha eine Trance, ein Besessenwerden hervorrufen und im »Zurechtstutzen und Wegschaffen« – auch das ein offizieller Begriff des Rituals – des bösen Geistes kulminieren.

Doch nicht nur als religiöses Zentrum der *Kumina*-Bewegung ist St. Thomas bekannt. Morant Bay war 1865 Schauplatz einer Rebellion der Kleinbauern, die sich, unter Anleitung zweier Mitglieder der Baptisten-Gemeinde, namens George William Gordon und Paul Bogle, gegen die repressiven Maßnahmen der kolonialen Verwaltung zur Wehr setzten und unbarmherzig niedergeschlagen wurde; Bogle und Gordon wurden hingerichtet. So gesellt sich zur tiefen Religiosität afrikanischer Herkunft das Bewusstsein einer rebellischen Vergangenheit. Kein Wunder, dass Pfarrer Brassington Schwierigkeiten mit den Bewohnern der Region hat, die sich vor allem im Ort Grove Town seinem bevormundenden Missionierungsversuch erfolgreich verweigern.

Viele kleine Vermerke im Text stellen historische Beziehungen her; Jahreszahlen allein genügen manchmal schon, um wichtige geschichtliche Ereignisse anzusprechen. In der Kommunikation zwischen Dan und Willie wird neben 1865, dem Jahr der Morant-Bay-Rebellion, auch das Jahr 1760 erwähnt. Damals fand zur Weihnachtszeit ein Sklavenaufstand statt, mehr als fünfzig Sklaven erhoben sich unter dem Vorarbeiter Tacky im Bezirk St. Mary gegen die Pflanzer, wurden jedoch nach einem Monat blutig besiegt, die Überlebenden nach Belize verkauft.

Die »schäbigen Schiffe« spielen auf die so genannte Entdeckung durch Kolumbus genauso an wie auf den Sklavenhandel, in dem über 200 Jahre lang Millionen von Afrikanern auf qualvollste Weise über den Atlantik transportiert wurden. Eine gewaltsame, blutige Vergangenheit also, deren sich der (eingeweihte) Leser durch diese kurzen Verweise ständig bewusst ist.

Mit dem Mann aus St. Ann, über den Pfarrer Simpson nachsinnt, ist niemand anderer gemeint als Marcus Garvey, der Vorläufer des Panafrikanismus, der mit der UNIA eine internationale Organisation für Menschen afrikanischer Herkunft gründete, die Anfang des 20. Jahrhunderts zeitweise von mehreren Millionen Menschen in Nordamerika, der Karibik und Lateinamerika unterstützt wurde. Eine der Intentionen Garveys war es, unabhängige afrikanische Unternehmen zu gründen; eines davon war die *Black Star Line*, eine Schifffahrtsgesellschaft, die unter anderem die Repatriierung aller Menschen afrikanischer Herkunft nach Afrika, ihrer eigentlichen Heimat, ermöglichen sollte. Innerhalb des Romans wird sogar eine Diskussion darüber geführt, ob eine solche Rückkehr sinnvoll sei oder ob nicht eine Insel wie Jamaika inzwischen eine neue Heimat geworden sei und ob Heimat nicht auch die Aneignung des gegenwärtigen Lebensumfelds bedeuten könne.

Die Tierpendants einiger Romanfiguren entstammen aus einem Schulbuch aus der Kolonialzeit, das Ella an der Grove-Town-Schule für den Unterricht benutzen soll. Durch ihre Verwendung als spirituelle Wesen, als eine Art Ahnengeister, die übersinnliche Fähigkeiten besitzen, befreit die Autorin sie aus ihrem beschränkten Dasein. Deren aktive Teilnahme an Ellas und Anitas Heilung zeigt, dass sie sehr wohl zu eigenständigen Aktionen fähig sind, entgegengesetzt ihrer Schilderung im Schulbuch, in dem sie nur als passive Wesen, die der ständigen Fürsorge durch ihren Herrn bedürfen, beschrieben werden, so wie auch die kolonisierten Völker angeblich der Fürsorge durch das Mutterland bedurften.

Myal, der englische Originaltitel des Romans, verweist auf eine weitere religiöse Bewegung, den *Myalism*, der hauptsächlich in Texten aus der Zeit der Sklaverei und in den letzten Jahrzehnten des 19. Jahrhunderts erwähnt wird. Häufig wird in alten Berichten *Obeah* und *Myal* als verwandt bezeichnet, *Myal* wird jedoch überwiegend als eine gemeinschaftliche Aktion beschrieben, deren Sinn in dem Wohlergehen der gesamten Gemeinschaft besteht; *Obeah* ist dagegen charakterisiert durch die eigennützigen Absichten der Veranlasser. Diese suchen, um sich selbst entweder materiell zu bereichern oder zum Beispiel einen Liebeszauber zu erlangen, heimlich einen *Obeahman* oder eine *Obeahwoman* auf, die ihnen entweder eine Zaubermixtur mischen oder ein Zauberobjekt schaffen sollen, wodurch unter anderem auch die Seele des Verzauberten gestohlen werden kann. Damit sind wir bei der Bedeutung des von Brodber ursprünglich geplanten Titels für ihren Roman angelangt: *The Spirit Thieves*, Die Seelendiebe. *Myal* dient generell der Gemeinschaft, *Obeah* schadet ihr und verhilft nur Einzelpersonen zur Verbesserung. *Myalism* ist heutzutage offensichtlich in anderen *Revivalist*-Kulten wie *Kumina* aufgegangen; der *Obeah*-Zauber ist in der jamaikanischen Bevölkerung noch präsent und wird vermutlich auch noch praktiziert. *Myal* kann einen *Obeah*-Zauber heilen, was im Roman mit Anita und Ella geschieht, wobei der *Obeah* sowohl traditioneller Art sein kann – wie die von Mass Levi versuchte Aktion, über die Besitznahme von Anitas Geist mithilfe einer Puppe seine Potenz wiederzuerlangen –, aber auch von moderner Art – wie Selwyn Langleys Ausbeutung der Lebenserfahrungen Ellas, die er in seiner Nigger-Show korrumpiert.

Darüber hinaus gilt die heilende Wirkung des *Myal* jedoch auch der Heilung der gesamten jamaikanischen Gesellschaft, findet sich doch am Ende des Romans ein neues Heilerteam zusammen, Pfarrer Brassington und Ella, die neuen Leute, die Zwischen-den-Farben-Leute, die in der kritischen Weitergabe des von der Kolonialmacht bestimmten Lehrstoffs ein neues Bewusstsein unter den Teilnehmern ihrer geplanten Seminare fördern werden. Interessant ist, dass der Begriff *Myal* im ganzen Roman nicht vorkommt, *Obeah* wird dagegen mehrfach im Zusammenhang mit dem Poltergeist erwähnt. *Myal*, so scheint es, steht über allem und ist das umfassendere Projekt; es bezieht sich nicht auf die einzelnen Romanfiguren, sondern auch auf die am Ende des Romans geforderte Umgestaltung der gesamten Gesellschaft.

In einem Interview äußerte Erna Brodber 1983, sie sei davon überzeugt, dass der Kolonialismus in Jamaika den Diebstahl der Kultur bedeutete und dass den Afrikanern durch die Engländer nicht nur ihre eigene Weltsicht genommen, sondern auch ihre Seele geraubt wurde und nur ihre fleischliche Hülle, ein Zombie sozusagen, zurückblieb. In dem Roman gehe es darum, diese Seele wiederzugewinnen.

In diesem Sinne kann man in *Alabaster Baby* eine Aufforderung an alle Leser sehen, auch ihr eigenes Leben zu verändern, selbstbestimmt zu leben und sich nicht von äußeren Einflüssen unterdrücken zu lassen.

Marlies Glaser

Evelyne Trouillot
Hallo ... New York
Erzählungen aus Haiti

Aus dem Französischen von Cornelia Panzacchi
Lamuv Taschenbuch 267

Erzählungen über das Leben in Haiti: Von Träumen und Alpträumen, der Armut und der Flucht vor ihr ... und der Hoffnung, an die sich Menschen klammern: »Dann denkt sie, sie spricht mit New York, und das macht sie so glücklich...«

»Haiti ist das Land, in dem ich lebe und schreibe, ein Land, über das ich mich nicht unbeteiligt äußern kann, über das ich nicht sprechen kann, ohne Partei zu ergreifen, ein Land, über das ich stets Unbehagen, für das ich stets Zärtlichkeit empfinde: Das Haiti von heute, das sich immer tiefer in die Auswirkungen seiner Vergangenheit verstrickt – einer Vergangenheit, die aus fast 200 Jahren bewegter Unabhängigkeit, 30 Jahren Diktatur und mehr als zehn Jahren demokratischer Unfähigkeit und politischer Haltlosigkeit besteht. Aus dieser Anteilnahme heraus entstanden die vorliegenden Geschichten und ihre Motive: die Armut der einen, die den Reichtum der anderen erhält; die Unterdrückung, die zur politischen Kultur wurde; die Entfremdung, das Schweigen, das zwischen den Menschen unterschiedlicher sozialer Zugehörigkeit herrscht...« (Evelyne Trouillot)

Evelyne Trouillot wurde in Port-au-Prince (Haiti) geboren. Sie hat in den USA studiert, ist Pädagogin und Literaturwissenschaftlerin und arbeitet als Schuldirektorin.

Ein Buch aus dem Lamuv Verlag